LYDIE SALVAYRE

IRRÉFUTABLE ESSAI DE SUCCESSOLOGIE

ÉDITIONS DU SEUIL
57, rue Gaston-Tessier, Paris XIXe

ISBN 978-2-02-151667-8

www.seuil.com

IRRÉFUTABLE ESSAI
DE SUCCESSOLOGIE

« Fatiguée de ce monde je demande à mourir,
lassée de voir qu'un homme intègre doit mendier
quand à côté de lui des nullités notoires
se vautrent dans le luxe et l'amour du public,
qu'on s'amuse à cracher sur la sincérité,
que les places d'honneur sont pour les plus indignes,
qu'on offre des corps vierges à des désirs brutaux,
qu'on couvre d'infamies le juste diffamé,
qu'un fort devienne infirme au pouvoir du difforme,
que l'art est bâillonné sous un règne arbitraire,
que des singes en docteurs décident du génie,
qu'un être simple et vrai est traité de stupide,
que le bien asservi est esclave du mal...

Fatiguée de tout ça, je veux quitter ce monde
sauf que si je me tue, mon amour sera seul. »

William Shakespeare,
sonnet LXVI.

1

Nos esprits les plus hautement spéculatifs ont découvert l'existence de milliers d'exoplanètes, identifié les traces d'un ankylosaure vieux de 168 millions d'années, établi que la vitesse de la lumière était de 299 792 458 mètres par seconde, mis au point des parapluies biplaces, des perruques pour chien, des protège-moustache, des masques antigloutons, des porte-glace à piles, et mille autres merveilles.

Mais nul encore n'a tenté de se lancer dans l'analyse sérieuse et approfondie des meilleurs moyens pour parvenir au succès !

Pourquoi tant d'intelligence gaspillée par des cerveaux admirables pour élucider des choses de bien moindre importance ?

Pourquoi un tel domaine, dont les lois déterminent le bonheur des hommes (ainsi que leur fortune), n'a-t-il pas été traité avec le sérieux qui convient ?

Pourquoi un aussi scandaleux mutisme ? Pourquoi une telle inconséquence ?
Pourquoi, pourquoi ?
Allons-nous plus longtemps demeurer dans cette coupable ignorance qui a réduit à la misère les individus les plus méritants ?
Non, non et non ! Cela est proprement inadmissible.
Je me propose donc de remédier à cette grave lacune en me lançant, avec l'audace d'un Christophe Colomb, dans l'exploration de ce continent ignoré, afin de répondre à ces hautes questions qui tourmentent le genre humain depuis que le monde est monde :
Comment se faire un nom ?
Comment émerger de la masse ?
Comment s'arracher à son insignifiance ?
Comment s'acheter une notoriété ?
Comment intriguer, abuser, écraser, challenger ? Comment mentir sans le paraître ? Comment obtenir la faveur des puissants et leur passer discrètement de la pommade ? Comment évincer les rivaux, embobiner les foules, enfumer les naïfs, amadouer les rogues, écraser les méchants et rabattre leur morgue ? Comment se servir, mine de rien, de ses meilleurs amis ?
Par quels savants stratagèmes, par quelles souplesses d'anguille, par quelles supercheries et quels roucoulements gagner la renommée et devenir objet d'adulation ?

Car se distinguer du reste des humains, être quelqu'un, quelque chose, apparaître au JT de 20 heures, avoir sa photo dans le journal, rêver de devenir une star, convoiter les honneurs et les applaudissements, bref désirer de briller aux yeux du plus grand nombre constitue la passion la plus archaïque et la plus universelle qui soit en ce bas monde.

Grâce à cet irréfutable essai qui, je le présume en toute modestie, licenciera définitivement l'ancienne politique, réinventera les lois de la morale, et m'assurera une admiration universelle, grâce à cet irréfutable essai, disais-je, je donnerai à cette passion la place qu'elle mérite : la première.
Je défricherai pour vous, mes agneaux, les voies encombrées et semées d'embûches qui mènent à la réussite, et vous prodiguerai les conseils nécessaires pour vous empêcher de tomber dans les nombreuses chausse-trapes qui guettent tous les jeunes aspirants à la gloire, et vous aider à être au top, très important ça, d'être au top.
Mais avant que d'aller plus loin dans mon projet que je n'hésite pas à qualifier de salvateur, il me semble important de vous donner une définition précise du succès tel que je le conçois.

2
Définition du succès

Le succès est le remède universel longuement recherché pour guérir du malheur.

Si je place cette définition en tête du présent chapitre, c'est que trois raisons m'ont conduite à cette formulation que j'estime très vraie et très incontestable.

1. La première, tirée d'un grand nombre d'observations, me permet d'avancer que :
le succès embellit,
le succès anoblit,
le succès bonifie,
le succès enhardit,
le succès purifie,
et vous lave des bassesses, mesquineries et saloperies commises par le passé, car :

Le succès possède d'excellentes facultés détergentes.

Le succès vous confère l'estime, la considération et le respect, et fait de vous l'ornement de votre famille, son joyau, son trésor, son magot.
Le succès, de surcroît, vous confère indéniablement du sex-appeal, ce qui m'amène à affirmer que :

Le succès est aphrodisiaque.

Le succès, en accordant de la valeur et du brillant à tous vos gestes et paroles, en vous apportant la consistance dont vous étiez privé, en vous faisant apparaître sous un jour plus avantageux, vous dote, par là même, d'une haute idée de vous-même, satisfait exquisément votre ego, congédie du même coup vos soucis parasites, et décuple ainsi les facultés de votre esprit.
Le succès a aussi ce pouvoir, injustement ignoré, de vous rendre bon, serviable et même charitable. Parfaitement !
Le succès, en enrageant la concurrence, vous vaut un certain nombre d'ennemis dont l'existence, c'est attesté par nos plus brillants neurologues, constitue un excitant remarquable pour vos facultés mentales, qu'il fouette et revigore tout à votre avantage.

Enfin et surtout, le succès immunise contre la mort.

En résumé, le succès, par un phénomène que je n'hésiterai pas à qualifier de transsubstantiation, fait passer pour intelligent l'individu le plus con, pour séduisant le plus moche, pour aimable le plus odieux, pour honnête le plus malhonnête et pour immortel le plus piètrement mortel.
Autant de prodiges qui me permettent d'inférer que ce ne sont plus désormais ni l'art, ni la politique, ni les anciennes croyances qui déterminent notre présent.
C'est, sans contredit, le succès.

Le succès est la nouvelle religion.

2. La deuxième raison, et non la moindre, est que le succès, infailliblement, enrichit.
D'où il s'ensuit que, dans cette nouvelle religion, c'est aux riches, mes anges, que le ciel est promis.

Nous savions depuis longtemps que l'argent gouvernait le monde, et que :

Seuls les imbéciles créent
pour une autre raison que l'argent,

ainsi que l'affirma le très pertinent Samuel Johnson dans son *Art de l'insulte et autres effronteries.*
Mais il est tout à fait nouveau que, loin de s'opposer à son règne ou de coupablement s'y résoudre, le genre humain, avec une unanimité et une ferveur sans égales, s'y plie désormais avec délice, exaltant ses bienfaits et claironnant ses vertus.
Le monde a beau changer, les désirs des humains demeurent invariables et limités à cinq, écrivait Euryloque. Pour ma part, je place au premier rang ce désir religieux d'être riche et célèbre.

Il suffit, du reste, de visionner quelques clips de rappeurs américains mondialement connus, pour constater que l'époque n'est plus aux pudeurs virginales devant la suprématie de l'argent et les *money makers*.
Si tu m'parles fric, j'suis toujours en déclic, chante Pussy Dundee.
Et son refrain fameux *J'veux prendre d'l'oseille jusqu'à l'infini, ouais ouais*, est devenu le cri de ralliement de la plupart d'entre eux.
Quant à l'expression de leur douleur mâtinée de révolte, elle se marie admirablement yeah yeah avec les bagouses en diamant qu'ils exhibent à chaque doigt, et les grosses chaînes en or qui ornent leur poitrine.
Je ne donnerai qu'un exemple : la fortune d'Ultra Love évaluée à ce jour à 1 milliard de dollars. *Tu mesures frérot ! de la beuh à la pelle ! une Rolex pour chaqu'*

jour ! une Ferrari qui fonce ! et une pute à gros luc qui t'suce sur ordre ! le paradis sur terre !

Cette transformation copernicienne des esprits qui s'est opérée depuis peu, et dont l'humanité n'avait encore donné aucun exemple, ne souffre aujourd'hui nulle contestation.
Et l'on peut affirmer sans ambages que :

Il n'y a d'heureux que les gens à succès.

Avec son corollaire :

Ne laissez pas l'argent aux mains
des seuls champions de la finance
et autres voleurs qualifiés.
Vous y avez droit tout autant qu'eux.

3. La troisième raison enfin découle du constat mille fois reconduit que nul créateur, serait-il un prodige de sensibilité, d'intelligence et d'invention, ne peut être applaudi s'il ne se plie à un certain nombre de règles que j'exposerai ci-après.

Mais avant de vous les faire connaître, je me dois de vous éclairer sur les personnes que vous serez amené à rencontrer et qu'il vous faudra fuir ou au contraire ménager, amadouer, bichonner, aguicher, racoler, flagorner, entuber, ou séduire, si vous voulez obtenir d'elles leurs bonnes grâces et parvenir jusqu'au sommet.

Voici donc quelques portraits de ces spécimens auxquels une jeune femme ou un jeune homme cherchant célébrité sera forcément confronté.
Portraits tracés, je le confesse, sommairement, et souffrant sans doute d'outrance et de simplisme. Mais qui ont le mérite de vous laisser, mes chers lecteurs qui avez la chance inestimable de me lire, de vous laisser, disais-je, toute licence pour introduire la complexité, la nuance, et les ombres nécessaires en ceux de ces archétypes que vous aurez identifiés.

3
L'influenceuse bookstagrameuse

Lila (YouTube 2 millions d'abonnés, Instagram 2,5 millions d'abonnés, TikTok 1,2 million d'abonnés)

Tout un chacun a pu le constater : il est aisé autant que délicieux de gloser sur la bêtise des autres.
Quant à moi, je m'abstiens, autant qu'il m'est possible, de tomber dans ce travers, animée que je suis d'une profonde et sincère philanthropie.
Je m'en dispense d'autant plus aisément que je ne suis pas sans savoir que le plus sot est souvent celui-là même qui désigne la sottise de l'autre et ne voit pas celle qui resplendit en lui.
Cependant, l'inintelligence de notre bookstagrameuse est si prodigieuse, si étourdissante, et d'un niveau si supérieur ; elle opère sur les autres un tel pouvoir fascinatoire que je ferai, pour elle, exception à la règle.

• Portrait

Le regard velouté, fort mamelue après une intervention chirurgicale à Dubaï (destination tendance), avantageusement nantie d'un derrière houleux dont les dimensions sont inversement proportionnelles à celles de son esprit, elle dispose d'un potentiel érotique hors du commun, sans doute accentué par une moue boudeuse qu'elle cultive à souhait.

S'évertuant à plaquer sur son visage la profondeur qui manque à son cerveau, elle laisse glisser, de ses lèvres refaites, de grandes déclarations fertiles en évidences, ou se lance, avec l'apparence de la plus grande affliction, dans des discours vibrants de sentiments compassionnels et de propositions réconfortantes (concernant les pauvres qui ont faim, les Ouïghours qui ont froid, les Somaliens qui ont chaud, les Sahraouis qui ont soif, les Afghanes qui ont peur, les Ukrainiens qui ont mal... elle en possède un jeu entier) grâce auxquels, pense-t-elle, son marché de la compassion gagnera en surface, et son petit capital : en euros.

Elle va jusqu'à défendre le Bien contre le Mal – ce dont nous ne saurions trop l'en féliciter – tout en faisant la publicité du rouge à lèvres repulpant rouge framboise de la marque Fastel. Le sourire qu'elle esquisse alors et qui projette sur son visage une aura d'heureuse niaiserie, constitue une véritable consolation, une exaltante raison d'espérer pour les adolescentes vivant dans des

HLM de Créteil, lesquelles représentent son marché porteur. Celles-ci, en effet, depuis qu'elles la suivent sur TikTok et Instagram, ne regardent plus du même œil le hall d'entrée de leur immeuble jonché d'ordures et empestant l'urine, car elles savent désormais que ce hall peut s'ouvrir sur d'exaltantes perspectives.

Idolâtre d'elle-même, elle voue une dévotion toute particulière à sa gueule, à ses seins, et par-dessus tout à son cul, qui, comme le rumsteak chez le bœuf, semble constituer à ses yeux le morceau de choix.

Son cul incarne pour elle le centre cosmique autour duquel tournent le monde et ses admirateurs et admiratrices. D'ailleurs, elle y a logé son âme, et ne peut évoquer l'une sans faire bouger l'autre.

Se pourrait-il donc, vous demandez-vous, que cette jeune personne soit appareillée de ce qu'on appelle une âme ?

Absolument !

Une âme des plus sensibles et des plus délicates. Une âme qui l'amène à palpiter d'émotion à l'écoute des chansons de Contralto, tellement humaines holàlà. Une âme qui l'amène à soupirer qu'elle est bien trop sentimentale pour son siècle, trait auquel la prédispose son ascendant Poisson. C'est ma maladie, ajoute-t-elle d'une voix d'enfant et en jouant de ses prunelles. Pour preuve, elle indique qu'elle est prise d'irrépri, d'irrépro, d'irrépré (son coach cognitif lui a soufflé le mot irrépressible, mais les mots de plus de trois syllabes lui sont difficiles à prononcer et, plus encore, à comprendre), d'irrépressibles sanglots lorsqu'elle regarde la série « Love Life ». Ce qui lui permet de donner (tremblotis vocaux et regard sexy) ce conseil extrêmement avisé à ses followers :

Pensez à retirer vos faux cils avant de visionner un épisode.

Elle est suivie par des millions d'ardents et dentes catéchumènes, ravis de découvrir les chatoiements d'une si belle âme enrobée dans de si belles chairs et dont les likes enthousiastes lui font oublier les injures sexistes des haters dont elle est quelquefois la cible.
Ses followers sont animés d'une telle passion à son endroit qu'ils s'arrachent son livre dès la première minute de sa parution, eux qui, d'ordinaire, n'ont d'autres casse-tête que les messages en trois mots qu'ils lisent sur Twitter.

Car notre star merveilleuse s'est autopromue écrivaine, avec le soutien sans faille de Marie, sa conseillère en com, qui a envoyé 800 messages en une seule journée. Et tous les réseaux sociaux ont qualifié son succès de : flamboyant.
Sa success story, dont le titre est *Mes recettes magiques*, a soulevé des vagues d'admiration chez les 15-25 ans.

À l'instar de Stéphane Mallarmé, qui collabora activement à la première revue lifestyle française *La Dernière Mode*, elle y développe ses théories existentielles et ses méditations philosophiques sur les dernières tendances fashion, et examine avec sérieux les divers éléments qui s'offrent à sa perspicacité :
– la meilleure façon de réduire les rides : concernant celles qui enlaidissent le front, le moyen le plus sûr de les combattre, si l'on en juge par son exemple, est de ne plus penser, si penser, ce qui s'appelle penser, c'est jeter son esprit en avant, dans le risque, dans l'errance, dans l'énigme, et parfois au bord de quelque chose qui fait peur et dont le souffle s'imprime infailliblement sur le visage ;
– le secret de son teint de pêche, ou de rose, ou de lis, ou de perle, ou d'albâtre, ou de soie, ou de satin, grâce à la crème revitalisante et détoxifiante Ada beauté au lait d'ânesse ;
– les conseils de maquillage (contouring) pour ressembler à Rihanna ;
– l'éloge des produits aphrodisiaques de la marque Sexus, cadeaux idéaux pour la Saint-Valentin ;
– la mise en scène de sa vie quotidienne dans ses live streaming ;
– la vente de son visage à la marque de beauté Arena ;
– de son corps dénudé, ses fameux nude, qui sont d'un excellent rapport ;

– et de ses strings usagés à 150 euros pièce, réduction de 50 % sur le deuxième achat ;
– ses difficultés digestives liées à une trop grande absorption de chocolat Monier aux noisettes, son péché mignon et qui la fait p... hihihi, j'ai rien dit ;
– le meilleur moyen d'empêcher son chien chéri Chouchou de se gratter grâce à la brosse en purs poils de sanglier Eber ;
– sa défiance à l'endroit des vaccins anti-Covid, domaine dans lequel elle se montre particulièrement assurée et compétente, vaccins qui sont, affirme-t-elle, scandaleusement mis sur le marché par des puissances étrangères judéo-américaines dont les intérêts sordides n'apparaissent que trop ;
– ses réflexions métaphysiques sur la vie qui est merveilleuse, tout comme sa garde-robe qui est merveilleuse, comme sa collection de 212 paires de chaussures qui est merveilleuse, et comme l'amour inconditionnel que lui portent ses millions d'abonnés qui la likent et qui sont merveilleux merveilleux merveilleux ;
– mais ne cherchez pas un mot de politique dans ce qu'énonce notre bookstagrameuse. Elle considère que la politique est « casse-pied ». Comme l'histoire. Comme la géographie. Comme la science. Comme les romans de, comment il s'appelle çuila, si, le prix Nobel, avec un nom en *u*, Albert Camus, voilà, c'est ça, ou de l'autre là, un Américain complètement barge,

tu lis tu comprends rien, mais alors rien, c'est la prise de tête totale, Fau... Faucler..., oui Faulkner, holàlà, y a de ces noms !

N'allez pas croire cependant que notre star serait inculte. Dans un entretien pour le magazine *Séduction*, elle a confié récemment, sur un ton de fierté appuyé par un balancement synchronisé du derrière, avoir lu *Les Misérables* de Victor Hugo en bande dessinée et adoré Quasimodo dont elle aurait beaucoup aimé toucher la bosse porte-bonheur hi hi hi.
Elle s'est crue obligée de parsemer ses propos de quelques termes anglais : « all right », « its'perfect », « feel good », soufflés par sa coach en langue anglaise devenue son amie ; termes introduits depuis un certain temps dans le marché de la conversation et destinés au public jeune qui s'en montre friand.

Pas plus tard qu'hier, elle a fait paraître sur Instagram une photographie d'elle en chemisier Prada de satin rose noué au-dessus du nombril, l'air adorablement cruche, les seins jaillissants, la lèvre boudeuse, son livre dans sa main gauche (aux ongles acérés comme des griffes), et un petit cœur en plastique rouge au creux de sa main droite. C'était d'un chou !
Cette image exaltante a fait le tour de France en moins de trois heures et vingt-six minutes.
Un record.

Lors de son dernier shooting, elle a affirmé (tout en émaillant son discours de « voilà », « en vrai », « grave » et « à la base », aux fins de le meubler), elle a affirmé qu'elle n'était nullement motivée par l'appât du gain et qu'elle se sentait totalement étrangère à l'esprit de lucre (mot soufflé par sa coach cognitive), lequel avait empoisonné le monde contemporain. Elle, ce qu'elle défendait de toute son âme (mouvement synchronisé du derrière), c'était le partage et l'atri, pardon l'altruisme. Elle espérait qu'elle saurait convaincre ses lectrices de la cité des Acacias à Nanterre de leur inestimable valeur. Je serais si heureuse de les voir épanouies, a-t-elle murmuré d'une voix énamourée, et le disant une larme a perlé au bout de ses faux cils, un flot d'émotion l'a submergée, et elle a caché son beau visage dans ses mains. S'est ensuivi un bref moment de silence.
Irrésistible, vous dis-je.

Son titre de gloire est d'être passée sur C8 dans l'émission « Touche pas à mon poste ». Son rêve, après celui de posséder une Lamborghini rose et d'avoir un rendez-vous avec Ryan Gosling.

Depuis peu, notre star s'est également lancée dans la critique de livres, critique malicieusement formulée sous forme de smiley.
L'un de ses adulateurs les plus adulants n'a pas hésité à lui dire qu'elle était la Sainte-Beuve de notre époque.

La sainte quoi ? a demandé notre star en fronçant son beau front (attention aux rides !).

La Sainte-Beuve, a répété l'adulateur quelque peu embarrassé.

Je connais pas cette sainte, lui a-t-elle répondu, sincèrement navrée.

Alors disons que vous êtes notre Chamfort, a proposé le lecteur des *Maximes et Pensées*.

C'est très gentil, a-t-elle remercié. J'adore « Manureva ».

☞ **CONDUITE À TENIR DEVANT ELLE**

Feindre de la tenir pour un sujet pensant (le terme de roseau nous paraissant tout à fait incongru dans un pareil contexte).

Il a été, en effet, mille fois démontré que, pour gagner les cœurs et se concilier la sympathie des plus rétifs, le meilleur moyen était de se montrer con avec les cons, odieux avec les odieux, enjoué avec les enjoués, raciste avec les racistes, et penseur avec les pensants.

Lui répéter qu'elle est « trop canon », une bombe, une icône ; et admirer conséquemment ses proéminences, tant celles localisées à l'arrière qu'exposées sur le devant.

La complimenter sur son look qui reflète merveilleusement sa personnalité si singulière.

En un mot : lui plaire, conformément au principe affirmant que :

**Le succès consiste à plaire
au plus grand nombre.**

Complété de cette indispensable précision :

Plaire au grand nombre est un métier.

Et de sa conséquence capitale :

**Plaire au grand nombre
atteste de votre existence.**

C'est ce qu'a parfaitement compris « l'homme influent » dont je vais dès à présent tracer en quelques lignes le portrait.

4
L'homme influent

Bronzé, bien conservé, bien mis, portant beau, il est accompagné d'une jeune beauté blonde, ce qui ne l'empêche pas de lorgner des bimbos qui pourraient lui servir de rechange en cas de pénurie.
Économe de ses gestes, le visage impassible mais les yeux fureteurs, sa bouche avaricieuse reste le plus souvent close, ce qui le fait passer pour un être profond. Car notre homme influent use de son esprit comme de sa fortune : ne le dépensant que sciemment et à la seule condition qu'il rapporte. Jamais il ne le gaspille en sophismes, entortillements, et autres finasseries abstruses – les questions métaphysiques, très peu pour lui ! – et demeure muet la plupart de son temps en observant les autres, aux fins de débusquer leurs arrière-pensées.
Lui n'a nul besoin d'avoir lu les « Trente-huit stratagèmes » exposés par Schopenhauer dans son *Art d'avoir toujours raison*, pour deviner, d'instinct, qu'il

lui faut dissimuler son jeu s'il veut, en fin de compte, mettre l'autre au tapis et s'octroyer la victoire (stratagème IV).
Ne se livrer jamais, ne pas tomber le masque, empêcher toute intrusion qui ferait sauter ses scellés, éviter par tous les moyens qu'on sonde son fond cupide et ses voraces appétits, et taire la jouissance perverse que lui donne le fait d'entuber son prochain, tel est l'impératif premier de sa règle de conduite.
Car notre grand homme ne met sa confiance en personne. Il sait parfaitement compter, mais aucunement sur les autres (merci Paul-Jean Toulet) et gagne énormément à être méconnu (merci Jean-Jacques Salgon).

D'instinct, il sait aussi qu'il peut, si l'entretien s'étire, asséner des arguments dont il connaît parfaitement la fausseté, afin de couper le sifflet à son interlocuteur et de conclure au plus vite un marché juteux et passionnément convoité (Schopenhauer, stratagème V).

Ou le déconcerter en évoquant soudainement un sujet sans rapport avec la conversation en cours : l'assassinat de Vladimir Poutine par exemple ; le choc provoqué par cette remarque pouvant sidérer son partenaire et l'égarer plus sûrement que la plus vibrante démonstration (Schopenhauer, stratagème XV).

Ou faire valoir des arguments d'autorité afin de lui fermer la gueule : déclarer sur un ton péremptoire : telle est la loi (invérifiable) n° 2001-436 du 21 mai 2001 (Schopenhauer, stratagème XXX).

Ou, ultime recours, mesurant que la personne avec laquelle il dispute lui est exceptionnellement supérieure, lui imputer des choses fausses, sordides de préférence, et l'attaquer perfidement en ce qu'elle a de plus intime par des sous-entendus allusifs ou des insinuations grossières. Rien de tel pour réduire votre adversaire au silence du désespoir et triompher de lui, un pied sur sa poitrine (Schopenhauer, stratagème XXXVII).

C'est, d'ailleurs, en vue de ce dessein, qu'il accorde un intérêt tout particulier aux rumeurs de couloir, intrigues, racontars, diffamations et autres clabaudages contraires à l'esprit de l'Évangile mais susceptibles de lui servir d'arguments lors d'une négociation ardue.

S'il daigne honorer de sa présence une soirée mondaine, notre distingué monsieur se trouve être constamment le centre d'un essaim de groupies qui s'agglutinent autour de lui et répètent, le visage extasié, toutes ses fins de phrases.
Et lorsqu'il se déporte dans le salon de réception, altier, impassible et toujours entouré de sa claque bénévole, tous les invités portent les yeux sur lui et, sur son passage, prononcent son nom à voix basse.

Il s'approche à pas lents du buffet, examine les petits-fours avec toujours ce même visage indéchiffrable, tandis qu'une de ses admiratrices lui tend, d'une main émue, une coupe de champagne.
Tout dans ses gestes, sa démarche, ses postures, son regard, tout dans son être trahit quelque chose de froid et d'impérieux qui en impose.
De sa voix d'homme puissant, il informe ses fans qu'il a fait hier, entre deux jets (un saut à Séoul et un autre à Sotchi), son plein artistique à l'exposition de la collection Morozov, après avoir assisté à la finale Djokovic *vs* Nadal. Ad-mi-râ-ble ! Hugh Grant et Michael Douglas étaient dans le public, tient-il à préciser.
Il appelle le président Macron son cher ami et le place très haut (pour se hausser lui-même), et pour peu qu'on l'y pousse, il évoque, yeux mi-clos, ses dîners partagés avec des sommités qu'il appelle par leur prénom : Tony (Blair), François (Pinault), Xavier (Niel), Jeff (Koons) et quelques autres célébrités masculines.

Héritier de la dynastie industrielle des Arjona & fils qui firent fortune dans le textile en 1941, il a réinvesti une partie de son capital dans la presse et la télévision. Il doit aujourd'hui sa richesse colossale à une habileté hors du commun en matière de spéculation financière, habileté, peu scrupuleuse, il est vrai, sur les moyens de parvenir, et doublée d'un dédain absolu pour la façon dont les autres pourraient la juger.

Il gère à ce jour une entreprise de 20 000 salariés, et son chiffre d'affaires avoisine les 20 milliards d'euros.

Est-il riche d'autre chose que d'argent ? vous demandez-vous.
Voilà une question qui dénote chez vous une tournure d'esprit bien fâcheuse.
Apprenez, mes rebelles, que ce monsieur est assez riche pour s'acheter un majordome, des domestiques (payés à rien foutre), des amis (à foison), des ministres influents, des journalistes en vue, des conservateurs de musée (devenus conseillers), des hommes d'affaires importants, des maîtresses blondes, une cohorte de flatteurs, quelques intellectuels de renom et quelques artistes. Comme vous.

Il apprécie particulièrement ces derniers qu'il trouve à la fois décoratifs, plus amusants que les patrons du CAC 40, et d'un excellent rapport puisqu'ils le divertissent tout en l'enrichissant.

De ce qui précède, on peut déduire sans risque d'erreur qu'il a le bras long et dispose d'une sphère d'influence considérable. C'est la raison pour laquelle ses concurrents jaloux disent de lui qu'il a de la surface, mais peu de profondeur.

Pour s'en donner (de la profondeur), il fréquente les milieux de l'art et se pique d'être connaisseur et mécène.

Il a compris qu'en s'entourant d'artistes et d'écrivains, il jetait en quelque sorte un voile respectable sur ses agissements financiers que quelques esprits mesquins osent qualifier d'immoraux et même de scélérats.
L'art est pour lui, dit-il en poète, sa soupape.
L'art, dit-il, est son péché. D'ailleurs, dès qu'il entend le mot artiste, il sort sa bite (mentalement). Ça l'excite, ça le requinque et ça chasse ses soucis d'homme très supérieur.

Avec les quelques-uns qu'il a élus, notre *art lover* se pose en bienfaiteur (la philanthropie artistique étant sa tenue de camouflage préférée, son brevet d'honorabilité et son compte créditeur moral), et fait monter leur cote en prélevant sa dîme.
Car notre homme influent sait mieux que quiconque que :

Le succès s'achète,
tout comme la considération.

Il appelle ses protégés : ses petits ; les fait jouer les uns contre les autres (ça le distrait) ; leur fait miroiter un avenir de luxe et raque ce qu'il faut pour faire leur promo.
Ceux-ci, victimes de son vice mais craignant de paraître ingrats, le remboursent en louanges mais le détestent en secret.

Il le sait, mais s'en fout.
Car il apprend considérablement à leurs côtés, et se fait l'écho des nouvelles tendances dont ses protégés l'instruisent. Gratis.
Il finit même par s'en croire l'initiateur.

Pendant un certain temps, il promeut ces jeunes gens qui lui distillent leur savoir et le tirent de l'embarras où son ignorance, parfois, le plonge.
Il les protège, les câline, leur caresse la joue, n'hésite pas à y aller de sa poche pour leur faire présent d'un manteau doublé en peau de phoque, d'une paire de baskets Louboutin à 3 200 euros, ou d'un sac Vuitton dont son ami Bernard possède la marque.
Puis un beau jour, il se prend à bouder, à bâiller à leurs discours, à les écouter avec impatience, à tapoter nerveusement l'accoudoir de son fauteuil, tandis qu'il ressasse l'éventualité d'un effondrement boursier, calcule mentalement ses marges financières, évalue les perspectives de rentabilité du nouveau joujou qu'il vient de s'offrir, ou essaie de se concentrer sur les derniers indicateurs conjoncturels de tendancialisation. Bref, il s'avise que la magie artistique sur lui n'opère plus.
Alors notre homme supérieur, qui est inconstant comme la mode et les gouvernements de gauche, envoie bouler ses chers artistes. C'est qu'il est, dans le fond, un grand enfant. Il aime à changer de jouets.

Après le camion de pompiers qu'il a réduit en miettes, il hurle en tapant du pied qu'il veut une tractopelle ou une grue-araignée, ses dernières toquades.

On l'affectionne. Il n'y tient pas.
On lui résiste. Ça l'indispose.
On le craint. Ça l'enchante. Ça l'enivre. Ça l'émerveille. Il ne s'en lasse pas.
On l'aime d'un amour apeuré. Il en abuse sans remords.
On l'admire. Ça le flatte. Ça l'émeut. Ça l'attendrit. Il en deviendrait presque bon.
On fait le compte de ses qualités admirables : sa largeur de vue, ses costumes Gucci, ses chemises brodées à ses initiales, sa sensibilité d'artiste, son flair génial (il renifle le fric comme les chiens la truffe), l'ascendant (financier) qu'il a sur les autres, son bon fond (qu'il cache bien) et sa libéralité (grâce à l'argent gagné vous savez comme).
Car notre homme puissant offre en cadeau ce qu'il devrait verser normalement en salaire : un bel os à sucer !

☞ CONDUITE À TENIR ENVERS LUI

1. S'il vous concède un regard ou vous honore d'un mot, montrez-vous impressionné, admiratif, déférent, déférentissime, et simulez au mieux ces sentiments que vous n'éprouvez pas.

2. Afin de le bien disposer en votre faveur, sachez vous faire pardonner votre talent.
Car notre Seigneurie veut bien être louangée, suppliée, honorée, commémorée, mais jamais ô grand jamais : dépassée. L'ignorer serait une folie.

3. Ne cherchez point à le contredire. Vous en seriez aussitôt puni. Souscrivez à ses vues sans une hésitation. Feignez de prendre pour article de foi la moindre de ses gloses.
N'oubliez jamais que notre homme influent est supérieur en tout et que personne ne doit s'opposer à ses désirs ni regimber à ses ordres.

4. Gardez-vous de lui montrer que vous en savez plus que lui, y compris en la matière dont vous êtes féru. Ex. : Si, après que vous lui ayez fait un bref éloge de Guyotat, il vous demande Guy comment ?, n'éclatez pas de rire et feignez de ne pas avoir entendu. Devant de tels individus, rien n'est plus nécessaire que la feinte ignorance de leurs insuffisances. Le reprendre lui porterait ombrage et risquerait d'exciter ses pulsions sadiques, celles-ci toujours prêtes à jaillir chez les hommes de pouvoir dignes de ce nom.

5. Les seuls plaisirs que vous pourrez trouver à ses côtés seront, conséquemment, de lui en donner et de les devancer.

Procurez-lui, par exemple, les meilleures occasions de placer telle citation (que vous lui avez apprise), de faire tel bon mot (que vous lui avez soufflé), d'exhiber son savoir sur l'art contemporain (que vous lui avez transmis).
Faites taire votre esprit d'indépendance et murmurez-lui que vous êtes né de ses mains, que tout votre avenir dépend de son génie, que vous êtes à sa merci, son otage, son chien, non, non, pas ça, je vais trop loin.
Prenez garde en même temps à ne jamais le rassasier. Tenez-le en haleine. Laissez-le sur sa faim. Agacez son désir. Ne montrez pas à son endroit un empressement exagéré. Il est impératif, si vous souhaitez lui rester nécessaire, d'entretenir le besoin qu'il a de votre compagnie sans tout à fait le satisfaire.
On presse l'orange et on jette l'écorce, disait Frédéric de Prusse en parlant de Voltaire qui l'accablait de trop d'esprit.

6. Donnez-lui l'occasion d'être bon en vous faisant plus désarmé et plus faible que vous n'êtes.

7. Montrez que vous l'aimez, comme vous vous y astreignez tous les dimanches avec vos beaux-parents ; vous savez faire.
Soyez à ses petits soins, choyez-le, parlez-lui à l'oreille, enlevez la poussière qui dépare son col,

et flattez-le, flattez-le, flattez-le, flattez-le, mais flattez-le avec tact, flattez-le subtilement, flattez-le adroitement.
Un homme puissant ne se lasse jamais des flatteries, mais s'en méfie si elles sont excessives.
Ne l'accablez pas des vôtres.
Ne glapissez pas à sa vue telle une adolescente devant Justin Bieber. N'allez pas l'appeler Lumière des Lumières ; ou écrire une ode à sa gloire.
N'applaudissez pas au moindre de ses mots et ne commentez pas emphatiquement ses discours sur les vertus incomprises de la Finance. Ce serait pure déperdition, et vous apparaîtriez comme un lèche-cul.
Susurrez-lui, en revanche, que son immense réussite l'expose à tous les malveillants qui le jalousent : des syndicalistes assoiffés de revanche qui sévissent sur France Inter, ou quelques patrons du Medef, malades de son triomphe.
La flatterie a ce double avantage de satisfaire la personne flattée et de prouver en même temps l'extrême discernement de son flatteur.

8. Médisez sans retenue au sujet de ses concurrents. Les hommes influents se délectent à entendre blâmer leurs rivaux.

9. Sachez sonder son cœur, percer à jour les défauts de sa cuirasse et deviner son point faible, c'est-à-dire

l'objet par lequel il échappe un instant à son idée fixe d'homme puissant qui est de s'enrichir voracement, insatiablement et indéfiniment.
Cet objet est : soit sa maman, qui est gâteuse, soit son chien. Indifféremment.
Demandez-lui donc autant de fois que nécessaire : comment va votre pauvre maman ? avec l'air éploré de circonstance.
Envers l'animal adoré, dispensez moult agaceries, câlineries et papouilles sur le ventre. Tu donnes la papatte à Lydie mon petit Newton ? Tu en as une jolie truffe mon toutou ! Tu dis bonjour à tata mon bichon ? Mon Dieu qu'il est beau mon petit Newton avec sa queue qui bat la mesure !

10. Avant que vous ne soyez dans ses petits papiers et que vous n'ayez obtenu la permission de l'appeler par son prénom (le diminutif affectueux sera une autre étape), il aura envers vous les accablantes manières qu'il adopte envers ses subalternes en général et les gens de peu en particulier, le populo, quoi, les petits, les pas-grand-chose, les sans-dents, les bouseux.
Ne vous laissez pas dérouter par ce comportement d'homme considérable qui voit, en tous ceux qui l'entourent, ses domestiques.
Persévérez obstinément dans vos tentatives d'approche.

Et cessez de vaciller au moindre coup de vent. Les petites humiliations que vous aurez à endurer vous feront trouver, par contraste, plus délicieuses encore les victoires futures.

11. Dès que vous l'aurez mis en confiance, soyez badin, soyez taquin, soyez piquant, soyez adorablement irrévérencieux.
Pincez-lui la joue, non, trop familier.
Permettez-vous carrément quelques impertinences.
Balancez-lui par exemple les vérités que vous avez en travers de la gorge. Soyez vrai. C'est la plus belle des provocations.
Notre homme puissant vous saura gré de lui jeter à la gueule ce que les autres pudiquement lui taisent.
Et dont il est parfaitement averti.
Il en sera même tout émoustillé. (Car rien ne lui répugne davantage que ces gens à sa botte, suspendus à ses ordres, cédant à ses caprices et accourant dès qu'il les siffle, mais qu'il ne pourrait supporter s'ils se comportaient autrement.)
Notre homme puissant pourra même souscrire à vos remarques les plus effrontées : L'argent est le cancer du monde et les hommes d'argent, des infâmes !
Et rire de bon cœur à de telles audaces, avec la joie secrète de s'encanailler.

12. Compatissez à ses accablements dont les gens du commun, ces chanceux, n'ont pas la plus petite

idée : un déséquilibre dans la balance des paiements, une inflation catastrophique, la chute d'une action en Bourse..., peu sont ceux qui vivent confrontés à d'aussi graves tourments ! Comparée à eux, l'augmentation du pouvoir d'achat, excusez-moi, ça prête à rire !

13. Mais aujourd'hui est son jour de bonté. Il sourit, il exulte, il se frotte les mains, il vous tape dans le dos, il se souvient de votre nom et vous demande même si ça va ! Incroyable !
C'est que notre homme a réussi un gros coup ! Après quelques intrigues, il a extorqué, pardon racheté le magazine *Résilience Hebdo* pour une bouchée de pain.
C'est le moment ou jamais de profiter de ses largesses.
Remarque : il vous sera infiniment plus facile de lui soutirer une grosse somme que...

Pardonnez, mes amis, cette brutale interruption que je n'avais pas envisagée un seul instant.
Dans un bel élan juvénile, je m'étais jetée dans la description des quelques spécimens qu'un débutant serait amené à rencontrer sur son chemin de gloire.
Mais les deux portraits que je viens de tracer ont déposé en moi les larves de la tristesse, et j'éprouve le besoin impérieux de me baigner dans des eaux plus limpides.

Libérée provisoirement de cette corvée que je reprendrai plus tard, je vais donc me livrer à présent à un petit rappel historique, par lequel j'aurais dû logiquement commencer mon irréfutable essai.

5
Rappel historique

Il fut un temps où de grands esprits affirmaient que la célébrité n'était que le châtiment du talent, son fardeau, sa disgrâce.
Il fut un temps où des artistes jugeaient vulgaire la moindre concession au grand nombre, considéraient que les vérités malséantes étaient les seules dignes d'être plaidées, foulaient aux pieds les lois sacrées de la renommée, et finissaient leur vie dans la dèche se nourrissant de pâtes et de sardines à l'huile.
Une existence lamentable était, à leurs yeux, inséparable de leur vocation, puisqu'ils identifiaient le talent à l'échec, affichaient avec empressement le malheur où ils étaient plongés, cultivaient leur masochisme comme une marque d'humanité, et l'obscurité dans laquelle ils sombraient, comme un signe de profondeur.
Un philosophe du nom de Nietzsche alla jusqu'à écrire que le refus de se plier aux conventions sociales et

l'isolement qui en découlait conféraient aux esprits supérieurs la force nécessaire pour devenir ce qu'ils étaient !

Cette posture doloriste, qui restait incompréhensible aux catholiques tempérés, amena ces poètes à verser fatalement dans une noire mélancolie qui leur inspirait des vers aussi sinistres que ceux-ci, jugez-en :

Quand la terre est changée en un cachot humide
Où l'Espérance, comme une chauve-souris,
S'en va battant les murs de son aile timide
Et se cognant la tête à des plafonds pourris...

Les coupables de tels écrits achevaient leur vie solitaires, misérables et inconnus de presque tous.

Une telle fin, mes chers, vous semble-t-elle désirable ?

Êtes-vous de ceux, romantiquement rétrogrades, qui vont jusqu'à penser que la valeur d'une œuvre est en raison inverse de son triomphe ?

Êtes-vous de ceux qui s'enorgueillissent stupidement d'être jugés impopulaires et répugnent au succès qu'ils considèrent comme une chose honteuse, forcément acquise par des moyens indignes et qui déprave l'âme tout autant que le cœur ?

Croyez-vous encore que le dénuement, la souffrance et la contrition sont consubstantiels (note pour la bookstagrameuse qui notera ce livre : consubstantiel signifie inséparable) à l'acte créatif ?

Allez-vous persister à œuvrer à votre propre ruine en vous faisant les prosélytes de la misère, alors qu'il est incontestablement prouvé que la misère nous ôte tous les moyens d'accomplir le Bien et de nous conduire sur la voie du Bonheur ?
Seuls les riches, mes nigauds, peuvent trouver quelque vertu à vivre pauvrement, point n'est besoin de le démontrer.

L'heure est venue, je vous le dis, de recouvrer votre raison et de ne plus avancer à reculons ainsi que vous persistez à le faire.
Il est temps que vous admettiez enfin que :

Non seulement le succès ne nuit pas au talent, il le consacre.

Il est temps que vous agissiez de telle sorte que votre talent épousât le succès, et qu'en l'épousant il augmentât votre fortune et vous comblât en biens et opulences : petit châtiau et parc pompeux, lit d'altesse royale, yatch de 80,50 mètres, coach en mieux-être, coach sportif, coach parental, coach de vie, coach de cœur, coach de deuil, coach de sexe, coach mental, coach de com, coach d'éloquence, coach d'intimité, cach de combativité, coach de compétence, coach de performance, coach de productivité, et coach de désintoxication aux coachings, autant d'éléments éminemment concupiscibles d'une vie conçue comme une petite entreprise. Le rêve !

Mais, pour l'instant, mes jeunots, vous convoitez toutes ces choses en vain, progressant pouce à pouce dans votre roman à thèse, ou suant sang et eau dans votre infâme galetas.

Alors, il serait temps, si vous ne voulez pas vous saborder et apparaître comme les pires ennemis de votre époque, il serait temps que vous devinssiez résolument modernes et réfléchissiez aux nouvelles donnes dont vous avez l'insigne chance, par mes soins, d'être instruits.

Car s'il se disait autrefois que le succès était la conséquence et non le but d'une œuvre ou d'une action, la doxa moderne, et j'irais jusqu'à dire : la doxa révolutionnaire dont je suis la matricielle conceptrice, est de postuler que :

Le succès est le but et non la conséquence.

Afin de vous accompagner dans ce dessein passionnément rêvé car source infinie de délices, j'examinerai, avec ma sagacité habituelle, les différents recours qui s'offrent à vous pour percer, comme on dit, les couches d'indifférence qui trop souvent recouvrent vos mérites, et vous conduire infailliblement jusqu'à la terre promise.

Mais avant que d'aller plus loin, il me paraît important de vous confier comment l'idée de cette recherche s'imposa à moi avec une force inouïe et m'amena à concentrer sur elle toute la puissance de mon esprit.

Je fus invitée, il y a quelques mois, à un dîner chez un écrivain de peu d'intérêt mais que de petits succès avaient légèrement grisé. Je savais, par des indiscrétions, que cet individu avait remué ciel et terre pour que soient présentes à cette soirée des personnes dites d'influence. L'une était juré du prix X, l'autre critique au journal Y, l'autre épouse d'un académicien, l'autre animateur de télé... toutes reçues fastueusement par notre homme de lettres.

Or, quelle ne fut ma stupéfaction de constater, lors de la parution un an après de son nouveau roman, tout aussi plat que les précédents je le précise, que celui-ci faisait l'objet de caresses louangeuses de la part des convives croisés lors de la susdite réception.

Je méditai longuement sur ce constat qu'au premier abord je ne m'expliquais point.

Lorsqu'un matin, en enfilant mes bas, l'idée me vint que cet écrivain avait deviné, par sa seule intuition, l'une des lois de cet art naissant que je baptiserai du nom de successologie et qu'autrefois l'on désignait

avec mépris sous le nom d'arrivisme. Et cette idée fut, à mes yeux, une révélation.
Je décidai alors de rendre incontournable cette science vierge et exaltante comme tout ce qui est neuf, et de m'y consacrer corps et âme, quitte à m'arracher aux travaux sublimes auxquels j'envisageais de me vouer, en lui sacrifiant mon temps et mes plaisirs.

Mais puisque j'évoquais à l'instant ce plumitif mineur et les piteux stratagèmes auxquels il se livrait pour obtenir sa validation, le moment me semble venu de vous parler de cette catégorie d'individus que je connais fort bien puisque je partage leur passion, leurs affres et leurs vertiges. Je veux parler des écrivains.

6
Les diverses variétés d'écrivains

Les écrivains, dont notre pays est richement pourvu, présentent une telle variété d'espèces qu'il m'est difficile de traiter chacune d'elles en particulier.
Je me limiterai donc aux huit sortes les plus fréquemment rencontrées :
- l'écrivain confirmé
- l'écrivain pamphlétaire
- le poète débutant
- l'écrivain transfuge
- l'écrivain engagé
- l'écrivain-homme politique
- l'écrivaine féministe
- l'écrivain stupide

A. L'écrivain confirmé

Cinquantenaire, tempes grisonnantes, crâne dégarni, poils aux oreilles, face mafflue et un bel embonpoint localisé sur le devant, notre écrivain a quelque chose d'égrillard dans le regard et de vulgaire dans les manières.
On dit de lui qu'il est un auteur confirmé.
Menteur par profession, il se ment à lui-même avec assiduité, et prend pour du talent ce statut d'écrivain confirmé qui le subjugue et le transporte.
Il ne s'en remet pas.
Tout enflé de l'importance qu'il s'arroge, il affecte constamment un air de gravité qu'il pense être celui des âmes d'exception.
Mais malgré ses efforts pour brider ses pulsions et coïncider avec cette image qu'il croit propre aux grands hommes, il ne parvient pas tout à fait à mater le fond lubrique qui est en lui.
À la vue de jeunes femmes (qui le remettent vertement à sa place), il ne peut s'empêcher de glisser quelques grivoiseries, ou de lancer des plaisanteries équivoques, avec un sourire entendu et un regard salace qu'il ne maîtrise pas.
Naturam expellas furca licet, usque recurret[1].
Puis, comme pour corriger la mauvaise impression qu'il craint d'avoir produite, il se met aussitôt à

1. Horace, *Épîtres* : « Chassez la nature, elle revient au galop. »

grandiloquer en usant de mots aussi rares qu'opaques, tels qu'hypostase, aposiopèse ou apophtègme, se lance dans l'éloge d'auteurs que personne n'a lus tels qu'Evhémère, Nicolas de Cues ou Ahmad ibn Arabshah, à exposer sa connaissance parfaite de l'Afrique subsaharienne ou à faire des citations latines, ce qui produit toujours son petit effet, n'est-ce pas ?

Il aime répéter à la secrétaire de son éditeur, le regard glissant dans l'échancrure de sa robe, qu'il a obtenu à sa grande surprise un grand prix il y a plus de quinze ans, déclaration qu'il fait suivre de complaintes sur son statut d'écrivain confirmé et les affreuses obligations que celui-ci engendre (à en juger par l'expression de son visage, il semble cependant en retirer quelques satisfactions).

Il s'adresse d'un ton paterne aux jeunes écrivains et écrivaines qui prétendent aux honneurs littéraires. Il arrive même qu'il les félicite, tout à sa joie de constater l'abîme qui existe entre le tirage de ses livres qui avoisine les 200 000 exemplaires et ceux de ces malheureux plumitifs dont le nombre d'invendus égale ou presque le nombre d'exemplaires imprimés.

Il a été, dans sa jeunesse, de gauche modérée (tout ici est dans le modéré).
Mais le succès venant en même temps que l'esprit de prudence, notre littérateur s'est exercé avec patience

à la reptation ventrale, s'est mis à professer de très réversibles opinions, à souscrire à n'importe quelle idée pourvu qu'elle dope sa carrière, et à bichonner qui il fallait et quand il le fallait.

De petites menteries en petits subterfuges, de petites sordidités en petites complaisances, notre écrivain confirmé est parvenu à s'immiscer dans les principales instances du pouvoir, et les miettes qu'on lui a jetées ont fini par composer un gros gâteau.

Chose étrange : la mollesse de son âme, sa veulerie, sa viscosité, se sont, par un processus mystérieux, inscrites à même son visage.
Ses bajoues sont deux fesses avachies et sa lippe, d'une flaccidité qui répugne.

Un disgracieux bedon lui a poussé peu à peu l'obligeant à porter des habits XXL, cependant que sa prose prenait quelque embonpoint ralentissant sa marche et la faisant lourdingue.
Pour aggraver le tout, son dos s'est avachi à force de courbettes, et son inspiration s'est à son tour vautrée.
La fameuse grâce d'écrire, la fameuse petite musique, les fameux vertiges de la création l'ont alors déserté.
Les petites roublardises, les petites finauderies et les renvois (avec ce que ce mot a d'aigre et de puant) d'ascenseur ont eu raison de son talent, plante ô combien fragile et sensible aux frimas.

Il continue cependant de produire d'énormes et indigestes biographies, et d'éprouver la même irrépressible joie en accueillant les compliments y relatifs.
Ceux-ci lui sont murmurés par des lectrices sexagénaires qui, pieusement, se réunissent tous les jeudis après-midi pour commenter un livre de leur choix, je veux dire du choix de leur magazine, dans l'arrière-salle de la médiathèque de Cauvigny-sur-Orge (exercice spirituel qui a remplacé la prière de leurs aïeules : même ferveur apprise et même cérémonial), lesquelles (sexagénaires) sont, hélas, à ses yeux, proprement imbaisables.
Inutile de préciser qu'il leur préférerait les louanges de jeunes beautés qu'il pourrait ensuite pécho. Mais notre écrivain confirmé ramasse, comme il dit, ce qui vient, qu'il juge préférable au rien.

Quant à la toute nouvelle génération d'auteurs et autrices qui cherchent à se faire une place dans la République des Lettres, elle le gratifie, sur les réseaux sociaux, de : queutard, larbin de mes deux, magouilleur en chef, hypocrite madré et autres aménités de la même farine.
Aménités devant lesquelles notre écrivain confirmé reste de marbre : il en a vu d'autres, rompu qu'il est aux fluctuations atmosphériques de la vie littéraire. Trente années d'une fréquentation assidue de ce milieu lui ont fait prendre conscience de l'extrême volatilité

des opinions et engouements, et lui ont conféré une sorte d'indifférence désabusée à presque tout, sauf aux chiffres de vente de ses livres et aux poussées libidineuses qui bestialement l'assaillent.

☞ CONDUITE À TENIR

L'éviter sous tous les prétextes.
Sans quoi vous aurez à subir ses éloges émus de lui-même dont il pense vous gratifier, maquillés par des complaintes sur le fardeau de sa célébrité et soulignés par des regards coulant sur vos parties charnues.

B. L'écrivain pamphlétaire

Il est grand, maigre comme une asperge, le visage émacié, des yeux très noirs et un menton qui tremble chaque fois qu'il s'énerve, c'est-à-dire souvent.
De nature inflammable, ombrageux, impatient, d'une sensibilité à fleur de peau, enclin à la solitude, retranché dans un orgueil sauvage, il croit que le monde est malade, que le monde est blessé, que le monde est souffrant parce qu'il est malmené ; mais qu'on peut le guérir pour peu que l'on abatte les principes mauvais de ceux qui le maltraitent.
Il est ce que l'on nomme, avec un sourire indulgent, un idéaliste. Pour ne pas dire un fou.

Ardent et douloureux, souverain et timide, fragile et courageux, son cœur est tout acquis aux paumés, aux tordus, aux parias, aux foldingues, à ceux qui font la manche boulevard Saint-Germain, aux handicapés du social, à tous les vulnérables et aux laissés-pour-compte, aux chats errants (il en a recueilli trois : Buffon, Candice et Absalon) et aux chiens abandonnés, craintifs de tout, tremblants, affamés, ces chiens *que chacun écarte, comme pestiférés et pouilleux, excepté le pauvre dont ils sont les associés, et le poète qui les regarde d'un œil fraternel.*

Il est forcément jeune. Dans toute la pureté, la verdeur et l'absolu de la jeunesse. (On n'imagine pas un pamphlétaire égrotant qui se mettrait à pourfendre tous ceux avec lesquels il s'est forcément compromis durant sa longue carrière, elle-même inscrite dans un système qu'il a entériné.)

Il fronde bravement tous les pouvoirs en dédaignant les scandales et la réprobation qui pourraient s'ensuivre (tel don Quichotte, toujours empressé de recevoir une dérouillée, et se fabriquant même, au besoin, ses propres infortunes), et affirme fébrilement, en fumant cigarette sur cigarette, que nos parents et nos maîtres sont dès notre enfance nos ennemis naturels. Tirez-en toutes les conséquences, lance-t-il d'une voix pleine de frissons.

Sujet aux coups de sang, il fout le feu à certains livres pour donner un peu d'éclat à la littérature.
Mais c'est parce qu'il l'aime passionnément, c'est parce qu'il croit en elle comme on croit en l'impossible et dans un mouvement qui s'apparente à la foi, qu'il en dénonce la profanation, les impostures et les basses compromissions.

Il est colérique.
Impatient.
Il effraie.
On dit qu'il est perché.
Et toujours en surchauffe.
Il foudroie.

Le regard fiévreux et la pomme d'Adam agitée, il pourfend les crapules en même temps qu'il les révèle.
Il exerce à ce titre une fonction semblable à celle de l'éboueur, si l'on en croit notre très impertinent Jonathan Swift.

Notre éboueur-ès-lettres balaie les saletés qui passent pour très pures ; jette à la voirie les maîtres ainsi que les laquais qui leur cirent les pompes ; envoie dans la rigole ceux-là qui, incapables du plus petit geste de bonté, disent des pieuseries, le visage inspiré et la main sur le foie ; refoule, Karcher en main, les enfants de salauds qui fondent leur fortune sur le malheur des autres ; puis s'en prend farouchement à l'éternel pillage (de l'or qui rend fou, du cuivre, du café, du coton, du caoutchouc, des hommes, du pétrole, de l'antimoine, du gallium, du lithium, de l'yttrium, du scandium…) exercé par ces putains (étymologiquement : putain vient de puer) qui exigent sans vergogne qu'on les respecte, qu'on les estime, qu'on les honore, qu'on les flatte, qu'on les suce, qu'on les glorifie, qu'on les commémore et qu'on les statufie pour l'éternité : les Pizarro, les Cortés, les Rois très Catholiques, les Colbert, les Léopold II, les Bugeaud, les Gallifet, les Bismarck, et les quelques oligarques qui se partagent aujourd'hui le monde : du balai !

Bref, il porte ses coups (particulièrement cinglants les jours où il s'est disputé avec sa compagne Ophélie) contre ce qui lui semble amoindrir, dégrader, souiller, asservir, ou renier la vie. Autrement dit : presque tout. Et il n'y va pas de main morte !

C'est que, explique-t-il en citant Chamfort : *On ne nettoie pas les écuries d'Augias avec un plumeau* (note pour la bookstagrameuse : Chamfort, sans vouloir la vexer, est un moraliste français du XVIIIe).

Mais par ses outrances, son rire noir, et les gifles dont il frappe les âmes, c'est le sens de l'éthique qu'il cherche à réveiller et une réflexion sur tout ce qui l'altère, l'annule ou le corrompt. Rien de moins !

J'ai un malin plaisir à signaler une bizarrerie de son caractère : brillant lorsqu'il écrit, notre pamphlétaire se transforme en idiot lorsqu'il s'exprime oralement.

Il n'a strictement aucune conversation.
C'est que trop d'idées se bousculent dans sa tête, pour que ses lèvres s'ouvrent sur des formes logiquement articulées. Mais il s'en fout, puisqu'il parvient à exprimer par écrit le désarroi que lui inspire le langage lorsque celui-ci le fuit, lui échappe, résiste, s'évade, avoue sa tragique insuffisance, et vient s'échouer sur les plages infinies de ce qui est sans nom.

De son vivant, il soulève les imprécations déchaînées des quelques scélérats qui ne peuvent que se reconnaître dans ses libelles.
Ces derniers, feignant de considérer sa clairvoyance comme le masque de sa méchanceté, unissent leur détestation pour l'anathémiser, le discréditer ou l'abattre.
Je ne connais personne qui compte plus d'ennemis que lui : Il vit retiré : c'est louche ! Il est radical : c'est du wokisme ! Il est méchant : c'est par horreur de lui ! Il est de constitution grêle : c'est qu'il abomine la vie et ses fastes ! Il alerte sur les ravages d'une surexploitation aveugle des ressources : c'est un partisan du retour à l'âge des cavernes, et ses gueulantes, la bande-son de son one-man-show !

Sa faiblesse est qu'il en souffre, au lieu de s'en battre l'œil.
Car notre pamphlétaire est, en vérité, un tendre.

Et lorsqu'il rage devant la mauvaiseté du monde qui l'abîme et nous abîme, c'est pour mieux étouffer ses sanglots.

☞ **CONDUITE À TENIR DEVANT CE HOOLIGAN LITTÉRAIRE AU CORAZÓN DE MANTEQUILLA**

Lui mettre le nez dans ses responsabilités. Et contribuer activement à faire censurer ses ouvrages, profondément antisociaux et fomenteurs de troubles, par les autorités compétentes, je veux dire les commerciales, lesquelles se chargeront avec zèle de les proscrire.

C. Le poète débutant

Se reconnaît en ceci que, à peine vous est-il présenté, et bien que vous n'ayez rien commis de fâcheux contre lui, il vous accable du récit des aléas rencontrés par la publication de son recueil resté en souffrance dans quatorze maisons d'édition dont dix en province.

☞ **CONDUITE À TENIR**

Si cet importun vous colle, et s'obstine à vous assommer en prétendant que son œuvre est trop subversive, trop expérimentale, trop dérangeante, en un mot trop littéraire pour plaire à la meute illettrée ;

s'il vous indique, de surcroît, qu'il ne s'est point livré, comme tant d'autres (regard entendu) à une prestation en nature d'ordre buccal, génital ou anal pour parvenir à ses fins, alléguez une fringale soudaine ou un besoin impérieux à satisfaire, et plaquez là votre poète, avant qu'il ne vous demande votre n° de tel ou votre adresse mail.

Autre catégorie : l'aspirant poète traînant sa mélancolie dans des soirées littéraires qu'il méprise, et qui vous accapare au prétexte qu'il vous a envoyé un recueil adorné d'une dédicace gratulatoire à laquelle vous avez eu le tort de répondre par douze mots, trois verbes et deux qualificatifs.

☞ **CONDUITE À TENIR**

Si lui aussi vous chauffe les oreilles en vous confiant ses déboires d'édition et autres sordidités, s'il vous oblige à mettre votre nez dans ses sanies, fussent-elles poétiques, poussez soudainement une exclamation de surprise, opérez une brusque volte-face et battez en retraite à la vitesse d'une balle, sans autre explication. C'est la seule parade efficace.

Remarque

D'une manière générale, fuyez comme le diable les revêches, les hargneux, les amers, les aigris, les navrés, les meurtris et tous ces mécontents aux rêves avortés qui n'ont pas réussi à convertir en forces leurs frustrations et leurs rancunes.
Il n'est pas contagion plus nocive que celle de ces rabat-joie.
Ils sont tous, de surcroît, affligés d'une haleine fétide probablement liée aux aigreurs d'estomac où se loge leur âme.
Si vous ne parvenez pas à vous en défaire, désignez-leur un bouc émissaire sur lequel ils pourront reporter toutes leurs frayeurs et amertumes : l'un de vos ennemis personnels, par exemple un certain P., une ordure.

Je reprendrai demain mon catalogue d'écrivains, si mon humeur m'y porte. C'est-à-dire si aucune nouvelle sombre ne vient obscurcir mon ciel et paralyser mon esprit.
Précaution : m'abstenir impérativement de regarder la chaîne NewsNews, bien plus nocive pour ma santé psychique qu'un abus de whisky ou de Zolpidem.

7

Les diverses variétés d'écrivains

(suite)

D. L'écrivain transfuge ou écrivain intercalaire

Dont je suis un excellent exemple, je n'ose dire : un modèle.

Il ou elle se répand dans ses écrits sur son enfance malheureuse, les humiliations subies, le mépris de classe, l'increvable complexe d'infériorité, la honte d'avoir honte, le logement miteux, les chiottes sur le palier, le sommier qui grince, les pièces glacées, les chaussettes la nuit, les pâtes chaque jour, les fringues bon marché, la mère analphabète mais inlassablement bonne, le père ouvrier à l'usine, ou manœuvre dans le bâtiment, alcoolique par désespoir, paranoïaque de préférence, qui arrive du boulot brisé et à bout de nerfs, et se défoule en vous collant des baffes.

Il ou elle se pose en avocat lyrique de tous les « chiens crottés » de la création, et le proclame à grands coups de trompe littéraire.
Ayant réussi à s'arracher par sa seule vaillance à la condition sociale à laquelle il ou elle était fatalement condamné·e, et à franchir l'abîme qui le ou la séparait du beau monde, ce ou cette prolétaire en ascension, comme le définissent les sociologues, devient rapidement la coqueluche des bourgeoises de province qui lui trouvent une volonté de fer et un cœur grand comme ça.

☞ CONDUITE À TENIR

Le ou la conforter dans l'idée que la pauvreté et les détresses de l'enfance constituent un excellent filon.

E. L'écrivain engagé ou écrivain à mèche

Souvent le même que celui précédemment décrit.
Rebelle subventionné par l'État (qu'il vomit), il use d'un gel fixateur L'Oréal afin de discipliner le côté rebelle de sa coiffure.
Chevaleresque en diable, il n'hésite pas à descendre dans l'arène et à rencontrer des assos d'aide aux migrants (voir ses photos sur Instagram) et même à partager l'atroce brouet de ces derniers (voir ses photos sur Instagram).

Très actif sur les réseaux sociaux, il appartient à la catégorie méritante des écrivains engagés dans la publicité de leur engagement.

☞ CONDUITE À TENIR

Lui souffler d'aller faire une petite cure d'humilité en travaillant comme ouvrier intérimaire dans une usine d'oxygène liquide où l'on respire des vapeurs délétères, puis de tirer de cette asphyxiante expérience un roman débordant de compassion, lequel pourra, grâce à la haute tenue morale de son propos, battre tous les records de vente.

F. « L'écrivain » homme politique

Il est membre de gouvernement, secrétaire d'État ou ministre en fin de mandat, et rêve d'être un jour président de la République.

Saisi d'un invincible prurit de gloire, il envisage de se lancer dans un projet littéraire où il dénoncera l'envers glauque et néanmoins fascinant de la vie politique française.

Mais il mesure assez vite la difficulté de la tâche et confie alors son dessein à un écrivain désargenté, lequel s'engage, contre menue monnaie et par contrat, à rester anonyme.

Il est invité sur toutes les chaînes d'info continue où il parle de son essai avec une extrême conviction, affirmant à coups de menton que son texte est né d'un féroce besoin d'envol, d'une sorte de soif d'absolu, d'une exigence intime qui criait dans ses veines, et cite, les yeux brillants, cette phrase de Chateaubriand, un autre lui-même : *Le péril s'évanouit quand on ose le regarder.*
Il finit par se persuader qu'il est l'auteur de son livre, lequel constitue l'une des meilleures ventes de l'automne.

☞ CONDUITE À TENIR

Le dénoncer sans le moindre état d'âme à la police des lettres pour faux et usage de faux.

G. L'écrivaine féministe

Convertie de fraîche date, elle nous expose la dureté de sa condition de femme avec une sombre délectation et des doléances maquillées d'un discours féministe dernier cri ; puis se livre à l'éloge du bonheur retrouvé dans une vie à soi et d'une sororité conçue comme apologie du même.
Son roman pontifiant, dont le message apparaît si clairement qu'il est comme la marque d'un prix laissé sur

un objet (dirait Proust), a conquis un public féminin, fermé, jusqu'ici, à la littérature, et qui s'est reconnu dans la cause défendue.

Il a battu tous les records de vente.

Son autrice a créé récemment la surprise en défilant pour Myriam Ayadé en jupe ultra-courte et top en maille côtelée, des plus sexy.

☞ CONDUITE À TENIR

S'en faire une amie, et lui souffler aimablement le conseil de lire Virginia Woolf, Ingeborg Bachmann ou Elfriede Jelinek.

H. L'écrivain stupide

La morale chrétienne qui constamment m'anime m'interdit de le décrier, mais m'autorise néanmoins à le décrire.

L'écrivain stupide, plus fréquent qu'on ne croit, rit fort, parle haut, s'échauffe, tant il est heureux de se retrouver parmi ses pairs, soliloque sans cesse sur un ton d'importance – c'est en partie à cela qu'on le reconnaît –, s'absorbe dans ses démonstrations, et s'indigne tout seul au nom de convictions dont il ne démord pas.

☞ CONDUITE À TENIR

Ne mouftez pas.
Efforcez-vous de le supporter avec longanimité : l'écrivain stupide a de nombreux amis qui pourraient vous servir.
Bien qu'il vous mette les nerfs en boule, bien que vous le trouviez ennuyeux à mourir, bien que sa connerie vous pénètre les chairs et littéralement vous blesse, ne manifestez à son endroit aucun agacement et ne dégainez pas la moindre objection. L'imbécile a tendance à tenir pour suspect tout cela qu'il ignore. Laissez-le asséner ses jugements sur le ton d'évidence qui est le sien, en vous interdisant de les approuver ou de les récuser. Un vague hochement de tête, un regard terne et quelques écholalies seront les meilleures réponses à sa stupidité. Il en déduira que vous partagez ses convictions et ne vous en estimera que davantage. Car

Tous les imbéciles aiment à être approuvés.

Si l'envie vous prend de bâiller à ses démonstrations et que vous ne savez la refréner, appliquez-vous à bâiller par les narines.
Le fuir, comme vous en seriez tenté, serait une erreur stratégique.

Vous pouvez cependant, histoire de vous détendre et de frimer un peu, l'aiguiller sur des terrains où il va rapidement s'enliser et, avec quelque chance, se taire. Demandez-lui par exemple ce qu'il pense de la musique dodécaphonique, ou quel sens a pour lui ce « lait noir de l'aube » dont parle Paul Celan dans *Fugue de mort*.

I. L'éditeur

Pour parachever en beauté ce chapitre, et avant de m'accorder une petite sieste, j'évoquerai ici la figure de l'éditeur, qui n'entre pas exactement dans la catégorie des écrivains mais partage avec eux leur passion littéraire.

Passion qui n'empêche nullement notre homme de peser, soupeser, évaluer, sonder, scruter et mesurer sous toutes les coutures les chances mathématiques qu'offre un livre de rapporter du blé.

Ce livre pèse tant. Notre éditeur le sait, avec une intuition quasi infaillible.

La difficulté donc, pour l'écrivain débutant, sera de prouver à son éditeur qu'il a tout intérêt de miser sur sa pomme et d'affecter en sa faveur des sommes conséquentes : blurbs, campagnes de presse, placards publicitaires, affiches dans les rues, séances de signatures, préface confiée à un écrivain célèbre, travail sur la com en général et les réseaux en particulier, etc.

Car la tendance des éditeurs est de privilégier les déjà privilégiés, et de négliger les déjà négligés.

☞ CONDUITE À TENIR

Le convaincre que ce qu'il a acheté à bas prix pourra se vendre un bras.
Sachant que, plus un livre est remarquable, moins il a de chances d'être vendu, ne pas insister sur les qualités qui pourraient faire du roman que vous lui proposez un chef-d'œuvre. Telle est l'une de ces règles étranges qui régissent le succès, règles que je définirai dans un chapitre ultérieur, en tous points passionnant.

8
Les critiques littéraires

C'est un peu contre mon gré, et, je le crains non sans raison, contre mon intérêt, mais pour l'éclairement et l'instruction de mes lecteurs fidèles, que je me résous à consacrer le chapitre qui suit à cette catégorie de beaux esprits dont l'exercice me semble capital : je veux parler des critiques littéraires.

Les œuvres d'art sont d'une infinie solitude ; rien n'est pire que la critique pour les aborder. Seul l'amour peut les saisir, les garder, être juste avec elles.

Ne prêtez pas une seconde d'attention à ces propos du dénommé Rainer Maria Rilke qui n'en fut pas à sa première ineptie.

Ni à ceux de cet effroyable pamphlétaire anglais Jonathan Swift qui écrivit dans les années 1700 que les écrivains ne devaient pas plus tenir compte des critiques que la lune des aboiements d'un chien. *Car, en dépit de leur terrible rugissement, vous pouvez, en ouvrant l'œil à demi, découvrir l'âne sous la peau du lion.*

Eh bien moi je soutiens, mes cœurs purs, que sans les critiques, un livre n'existerait pas. Le dire est un pléonasme (note pour la bookstagrameuse : pléonasme signifie redondance qui signifie enflure qui signifie superfuité qui signifie…).

Nous vous recommandons par conséquent de les soigner très spécialement.

Mais retenez auparavant qu'il en existe trois espèces :

A. Le tueur en série

Catholique strict, drapé dans de grands principes (on reconnaît les grands principes au fait qu'ils rendent malheureux), malheureux donc dans sa vie, mais bon voisin, bon camarade, bon Français, homme d'ordre, sportif, journaliste estimé par la direction de son journal, membre d'honneur des Scouts de France, irréprochable dans sa vie de famille, fils exemplaire, père modèle, époux fidèle et sexuellement austère.

Est-ce cette contention sexuelle, cette énergie inemployée qui se débonde cruellement dans ses articles meurtriers ?

Ou le dégoût qu'il a de lui et qu'il détourne ainsi sur les autres ?

Préfère-t-il s'en prendre à la littérature plutôt que d'explorer les ténébreux labyrinthes de son âme, qui, à coup sûr, l'effareraient ?

Car notre distingué critique est doué d'un pouvoir de criminalité tout à fait hors du commun, et d'une habileté rare dans l'art de le dissimuler.
Il n'écrit pas, il assassine.
Campé dans sa posture du justicier, il poignarde consciencieusement, scrupuleusement, minutieusement, les quelques ouvrages qui lui semblent relever d'une morale relâchée, la sienne ayant – toute son existence en témoigne – la raideur du granit.

L'on peut donc, sans exagérer, affirmer qu'il est doué d'un talent comparable à celui d'un tueur en série, puisque écrivant, l'arme à la main, il massacre régulièrement, et sans se faire prendre, les œuvres et leurs auteurs ; ces derniers, anéantis par la férocité de ses réquisitoires, renonçant le plus souvent à continuer d'écrire, ce qui revient pour eux, mais oui, à renoncer à vivre.

Notez que ces meurtres en série constituent des crimes parfaits vu qu'ils n'éveillent aucun soupçon d'aucune sorte. Des crimes parfaits, parfaitement impensés en tant que crimes, parfaitement forclos et parfaitement tus, et qui n'encourent donc, grâce à Dieu, aucune action pénale ni aucune condamnation.

Je l'ai vérifié moi-même à mon grand soulagement : ces assassinats commis à visage découvert ne sont, en effet, jamais sanctionnés par la justice. Mieux encore, celle-ci, sans doute influencée par Thomas de Quincey (note pour la bookstagrameuse : Thomas de Quincey est un écrivain britannique du XIXe), les considère, avec une ouverture d'esprit remarquable, comme incarnant l'un de nos beaux-arts.

Nous ne pouvons, mes chers, que nous en réjouir.

Car le public adore les chroniques sanglantes de ce monsieur-très-comme-il-faut, et même en redemande.

Il est vrai qu'elles recèlent une rigueur, une obstination et une compétence auxquelles on ne rend pas assez justice.

☞ **CONDUITE À TENIR**

Ne contrariez jamais cet individu. Il pourrait vous en cuire.

Et n'allez pas vous plaindre à lui de sa sévérité : il se délecterait de vos pleurnichements.

Traitez-le avec la plus extrême considération, et veillez à ne jamais vous le mettre à dos. Ce serait votre perte.

Tendez-lui une main aimable et gantée de préférence (au cas où sa malfaisance serait contagieuse). Il vous manifestera très probablement de la sympathie.

Dans ce métier qu'il exerce avec le plus grand sérieux, il tue sans penser qu'il tue. Il tue sans débat intérieur, sans remords, sans scrupule.
Il tue en honnête homme.
Et serait horrifié si vous aviez à son endroit le comportement que vous adopteriez envers un criminel chevronné.

J'éprouve, mes chers et chères, les plus grandes difficultés à continuer ce chapitre, le plus difficile, sans doute, jamais écrit dans ma vie d'écrivaine, malgré le ton désinvolte que j'affecte de prendre. Mais ma conscience, qui ne me fait aucune concession, m'oblige, afin de vous guider et vous servir au mieux, à poursuivre sans trêve ni repos. Et rien ne me détournera de mon devoir moral. Où en étais-je ?

B. Le critique-écrivain

Si le tueur en série est un prédateur de haute volée, le critique-écrivain, en comparaison, est un roquet qui s'en prend essentiellement aux chevilles et bas de pantalon.

Il se targue d'être impartial, de ne faire aucune concession, et de ne se laisser amadouer par rien ni personne. Avec les quelques-uns qu'il lui faut ménager, il feint d'être cordial pour atténuer sa rigueur. Et glisse un petit compliment, une petite gentillesse, une petite pointe d'affabilité, entre deux griefs bien sentis, afin de mieux faire ressortir ces derniers, lesquels, insiste-t-il, valent bien davantage que des louanges hypocrites.

En vérité, il n'a strictement aucun goût pour la lecture. D'ailleurs il ne prend jamais le risque de lire vraiment, c'est-à-dire de s'abandonner au plaisir d'un texte et aux émotions qu'il soulève, sans aussitôt les rabattre sur les deux ou trois idées préconçues qu'il se fait de ce que la littérature devrait être.

Mais ces livres qu'il lit sans lire, ces livres qu'il lit sans que leur texte jamais le traverse en son âme et son corps, lui ont permis d'exercer longtemps son redoutable ministère et de se faire « une position ».

Fort de celle-ci, il s'est lancé, un jour, dans la carrière littéraire, animé d'un véritable prurit de revanche et n'ayant qu'une idée : se situer au-dessus de ses confrères journalistes et leur faire mordre la poussière.

Bien qu'écrivain médiocre, il est devenu un auteur de renom, particulièrement apprécié pour sa faconde sur les plateaux de la télévision.
Certains jaloux ont alors dit de lui qu'il maîtrisait mieux la pratique de la navigation que celle de l'écriture, mettant très adroitement cap à gauche, cap à droite, cap au centre, ou cap au pire, selon la force du vent sur l'échelle de Beaufort.

Ce don exceptionnel du louvoiement lui a tout récemment permis de faire escale sur une chaîne d'information continue où il s'érige en distributeur de bons et mauvais points.

Pour résumer : notre homme possède la souplesse et l'adaptabilité requises pour exercer cette sainte fonction, en même temps que des dégoûts très sûrs qui l'autorisent à dézinguer un livre sans avoir à le lire. Comme tout le monde, me direz-vous.
Nous lui reprochons simplement d'avoir trop souvent un auteur ou une autrice à ménager, à la demande d'untel, à la prière de tel autre, sur ordre d'on ne sait qui, et mû par on ne sait quoi.
Or un critique libre et digne de ce nom ne doit jamais se départir de la sévérité nécessaire à la littérature lorsque son éthique avec un grand É est en jeu (voix vibrante). Et personne n'ignore qu'il circule dans notre pays des livres à l'influence pernicieuse et qui poussent à la sédition.
Je ne vous cache pas, du reste, que je souhaiterais vivement que, sur le modèle de l'Index des livres interdits par le Saint-Office où figurent les noms de Rabelais, Sterne, Voltaire, Proust, Balzac, Woolf, Plath, Colette, Bernhard et quelques autres, y figurent également quelques ouvrages de nos contemporains, tout aussi néfastes au relèvement moral de notre nation.

☞ **CONDUITE À ÉVITER ENVERS CE CRITIQUE-ÉCRIVAIN ET SES SEMBLABLES**

Je connais intimement une autrice qui, après avoir été encensée par un journaliste appartenant à la catégorie susdécrite, dut subir ses avances amoureuses pendant douze longs mois. Lasse de cette persécution qui devenait pesante, elle envoya, un jour, valser cet insistant monsieur.

Grossière erreur ! Un an plus tard, ce dernier se fendit d'un article sur le roman qu'elle venait de publier, le plus épouvantable qui se puisse concevoir. Et l'écrivaine en question crut mourir de douleur.

Eh bien, j'affirme que cette femme manqua de jugement et n'eut que ce qu'elle méritait ! Je dirais même qu'elle fut inexcusable.

Je le répète avec la dernière énergie : on ne contrarie jamais un critique littéraire qui a pouvoir de vie et de mort sur un livre.

Sur ces paroles et l'émoi qu'elles ravivent en moi, je me permets d'interrompre mon chapitre pour m'en aller faire une petite promenade à pied. Il faut absolument que je recharge mes batteries, la description de cette variété de critique m'ayant littéralement enlevé toutes mes forces.

Ma promenade n'a pas duré longtemps. Mais elle a permis à ma pensée de s'ébattre et à mes nerfs de s'apaiser.

J'ai pu ainsi recouvrer mon sang-froid et le courage d'en finir avec cette catégorie d'individus, lesquels, il faut bien le reconnaître, inspirent l'inquiétude bien plus que l'empathie.
J'ai donc repris mon exposé et rédigé, dans de meilleures dispositions, le passage que voici :

C. Le critique consciencieux

Il tombe dans l'excès contraire, et ne fait ses dents que sur de mauvais livres, car il préfère en général se taire qu'éreinter.
Il lit avec patience les ouvrages qu'on lui adresse, au grand dam de ses confrères qui s'inquiètent d'un zèle qui, selon eux, n'est rien moins que pathologique.
Il est persuadé, à l'instar d'Oscar Wilde, que sans esprit critique, il n'y a pas de création. Mieux, que la fonction critique est une véritable fonction créatrice qui suppose, de la part de celui qui la mène, une profonde réflexion sur soi.
Il arrive donc qu'il dise du bien de ces livres qui lui ont ouvert un chemin vers lui-même ! Et pis encore, qu'il les admire.
Ce pauvre type serait-il donc payé pour servir de la marmelade aux abonnés de son journal qui, eux, n'apprécient rien tant que les sauces au vinaigre et les exécutions rondement menées !

Serait-il trop couard pour dézinguer comme ils mériteraient de l'être, ces livres insolents qui bravent l'opinion des bonnes gens !

☞ **CONDUITE À TENIR**

Le dédain.

Me voici enfin, chers lecteurs, délivrée de ce pensum, et prête à aborder sans transition un chapitre autrement stimulant : celui des règles qui gouvernent le succès.

Je commencerai par m'adresser aux écrivains débutants, avant d'élargir mes recommandations à toutes les personnes brûlant de réussir.

9

Règles générales pour obtenir un succès littéraire

Remarques liminaires

Il est des candides pour croire que les connaissances et la profondeur d'esprit sont nécessaires à toute réussite. Rassurez-vous, mes chers lecteurs. Pour accéder au succès auquel vous aspirez de toute la furie de votre âme, point n'est besoin d'avoir médité les *Prolégomènes à une métaphysique future* d'Emmanuel Kant ou d'avoir inventé le fil à couper le beurre. Il vous suffit de suivre à la lettre les quelques règles que je vais, dès à présent, formuler :

Règle 1

Asseyez-vous sur les préconisations d'un certain Rainer Maria Rilke déjà cité, un pouet-pouet comme dirait mon voisin monsieur Pont dit Pompon ; et jetez immédiatement au feu ses *Lettres à un jeune poète.*

Cet éloge insensé d'une altière solitude, ce mépris hautain du sensationnel, ce dédain de toute récompense terrestre, cette plongée dans les tréfonds de l'être hors de toute attention aux exigences du monde et à ses intérêts, sont autant d'absurdités aussi naïves qu'irresponsables.
Nous vous recommandons exactement tout l'inverse.

Règle 2

Si vous n'êtes doté que d'un petit talent, réjouissez-vous.
Tout vient prouver, en effet, que le caractère le plus propice au succès est de n'en avoir aucun (talent) et qu'écrire du rien sur du rien (les Lettres et le Néant, merci BW) ne dessert nullement votre ascension vers les cimes.

Votre roman est ennuyeux, aussi somnifère qu'un rapport de notaire, chiant pour appeler les choses par leur nom, écrit dans un style scolaire et développant une idée (deux au plus) habillée de phrases laborieuses : il aura toutes les chances de plaire au grand public qui trouve dans l'ennui une forme de gravité tout à fait rassurante. De là, cet aphorisme consolant :

Les livres ennuyeux imposent le respect.

Règle 3

Flatter le goût du grand nombre, lui servir bien rôties ses idées préconçues, les assaisonner d'une louche de bons sentiments, d'un peu de sel gaulois et de quelques olives, voilà qui fait sa félicité.

Faire montre de trop d'esprit, de trop de mordant, de trop d'impertinence, de trop de hardiesse, est regardé comme inquiétant, générateur de troubles, et dangereux à l'ordre social, lequel s'efforce de contenir les colères d'un peuple affreusement imprévisible.
Je vous conseille donc vivement de ne point tomber dans ce travers.
N'oubliez pas que votre public se recrute presque entièrement dans la classe dite moyenne et supérieure, laquelle est en parfait accord avec les valeurs dominantes, et a ce faible courage d'éviter soigneusement tout courage véritable susceptible de lui porter tort.
C'est elle, mes très chers, qui se plaît à vos productions. C'est elle qui fabrique vos succès et vous dispense les honneurs auxquels ardemment vous rêvez. Ce sont les agents d'entreprise, de gestion, d'entretien, de santé, de loisirs, enseignants, chercheurs, notables, cadres en quête d'élévation spirituelle... qui sont vos plus fidèles lecteurs. Car ce sont eux qui trouvent quelques satisfactions dans la marchandise culturelle qu'ils pensent partager avec ce qu'ils appellent l'élite.

Alors, de grâce, ne leur livrez pas des réflexions qui, par une lucidité de mauvais aloi, non seulement ne leur apportent nul bienfait, mais contestent un ordre dans lequel ils ont eu tant de peine à se faire une place. Gardez-vous de mettre au jour leurs pauvres illusions, leur lent étouffement, leurs rêves reniés, et les mystifications dont ils sont les objets alors qu'ils se croient les seuls à en être épargnés.
Et au prétexte spécieux de les désaveugler – mais quelle prétention ! –, n'écrivez pas des choses qui pourraient menacer les quelques privilèges pour l'obtention desquels ils ont travaillé ferme et qu'ils redoutent éperdument de perdre.

La littérature, oui, estiment-ils. Mais sans ses provocations, sans ses transgressions, sans son mauvais goût, sans cette irrévérence tant prisée de quelques provocateurs, et sans ces mauvais traitements que, pour se singulariser, certains font subir à la langue, allant même jusqu'à se vanter de *piétiner la syntaxe*, ou pire, de la violer.

Règle 4

Alors, ménagez, je vous prie, leur susceptibilité.
Ne courez pas le risque de les froisser en tentant de questionner les valeurs qu'ils révèrent. Et gardez-vous de mettre vos pieds dans leur plat.

Flattez les idéaux qu'ils affectionnent après avoir consciencieusement observé les conseils de la consultante en stratégie digitale de l'agence « Avril » sur ses prédictions algorithmiques, les top-tendances du moment, et leur Indice de Pénétration Médiatique ou IPM (les acronymes, paraît-il, inspirent la confiance car ils évoquent quelque chose de puissant et de mystérieux).
Laissez-vous entraîner sur leurs rails, qui vont d'une borne l'autre, d'une certitude l'autre.
Abreuvez-les des bobards qu'ils attendent !
Rassasiez-les d'écœurants catéchismes.
Agrégez-vous à leur chorale qui psalmodie leur exécration de qui n'est pas eux, leurs grandes peurs et leurs ressentiments, leur maison secondaire avec leur jardinet, leur sens du convenable, leur fidélité au terroir ô Toulouse, leur attachement à la famille, à l'ordre, aux règles et aux frontières, et leur désir d'avoir un chef qui les gouverne avec une autorité sans faille. *Un couillidé*. Un vrai.

Pour résumer : ne suivez pas une autre route qu'eux.

Tout écart, aujourd'hui, est blâmé, conspué, calomnié. Rentrez bien ça dans vos petites têtes.

Dans ce monde où nous sommes parlés plus que nous ne parlons (parlés par la pub, par les media, par le

Web, par l'opinion), une parole habitée, singulière et libre, pourrait, par sa seule profération, faire scandale. Exprimez-vous donc dans la langue commune devenue plate, pauvre, racornie, desséchée, décolorée, fatiguée, usée et plus qu'usée, et parlant mieux l'idiome des marchands que celui de nos cœurs.

Autre conseil : avant que de vous prononcer sur un sujet quelconque et d'avancer des idées pittoresques sur un mode pittoresque qui vous rendrait suspect, attendez l'avis de personnes autorisées : Pascal Plot, par exemple, ou une autre de ces pointures de la télévision.

Rentrez vos griffes, mes chatons. Limez vos pointes. Faites patte de velours.
Appliquez sur vos épithètes une pommade adoucissante et versez du sirop de sucre dans l'acide qui coule dans vos phrases.
Ces conseils, que j'ai longuement médités, s'appuient sur le constat imparable que, depuis que le monde est monde :

Les gens de grand talent ne rencontrent de leur vivant qu'incompréhension et jalousies.

Et subissent le *mépris crasseux de tout ce qui montre race.*

Encore heureux s'ils n'en sont pas punis !
Est-il besoin de vous rappeler que Cervantes fut détesté par les écrivailleurs de son temps, que Corneille mourut dans la pauvreté, Racine dans le chagrin, Rousseau dans le bannissement, Mandelstam dans la relégation, Tsvetaeva au bout d'une corde, Hemingway d'un coup de fusil, Sylvia Plath la tête dans un four, Zamiatine en exil ? Voulez-vous que je poursuive mon sinistre inventaire ?

Lorsqu'un vrai génie apparaît dans le monde, vous le reconnaîtrez à ce signe que les sots sont tous ligués contre lui, écrivait un célèbre pamphlétaire anglais.

En résumé

Efforcez-vous, pour plaire à la classe moyenne, d'être moyennement brillant, moyennement profond, moyennement optimiste, et moyennement moral.
Ou affectez de l'être.

En d'autres mots, composez avec la médiocrité.
D'autant qu'elle nous est à tous naturelle, qu'elle est notre crasse commune, notre part mesquine, lésineuse, précautionneuse, ce mariage presque parfait en nous d'avarice, de veulerie et de prudence, et la chose du monde la mieux partagée, peut-être même la plus insidieusement dangereuse.

Et pour paraphraser Baudelaire, dites-vous que :

Le succès est l'adaptation d'un esprit à la médiocrité nationale.

À moins que vous ne preniez une option tout autre mais à l'efficacité moins assurée : singularisez-vous à tout prix, créez la polémique, allumez la controverse, pratiquez l'outrance, proclamez des horreurs, provoquez le clash, l'esbroufe, un scandale de tous les diables, déclarez par exemple que vous avez de l'admiration pour Kim Jong-un ou Merdimuhamedow le bien-nommé.

Certes, la chose est plus risquée et exige quelque sang-froid. Mais faire scandale, en déclenchant les foudres des belles âmes, a toutes les chances, par la résonance médiatique que cela engendre et sa viralité contagieuse sur les réseaux, a toutes les chances, disais-je, de faire recette.

10

Règles générales pour parvenir au succès en tous domaines

Règle 1

Il semble avéré que la nouveauté plaise au grand nombre, à la condition toutefois, je le répète, qu'elle soit tartinée de miel, délestée de toute nuance, suintante de bons sentiments, et au packaging lisible, transmissible et digestible.

La nouveauté nous éveille. Aiguillonne notre curiosité. Secoue nos habitudes. Fouette notre esprit. Et nous arrache à nos comas.

On s'en engoue, on s'en gave, on s'en gorge, on tremble de la rater. On en parle partout à la fois. On la cite dans les dîners (les Français adorent parler d'art, la bouche pleine, et considèrent même que c'est du dernier chic. Tous, du reste, ont sur le sujet leur mot à dire, et tous s'en mêlent, sans avoir lu ou vu, la plupart du temps, l'œuvre en question).

On la commente en tous endroits. On cote sa valeur à la Bourse des records. On l'amplifie jusqu'à l'outrance. On l'invite à l'émission « Touche pas à mon poste », le top du top.

L'attrait pour la nouveauté est le plus vieux péché du monde.

La nouveauté serait-elle médiocrissime, on la préfère de beaucoup à une excellence datée et déjà embaumée. Et gare à qui s'avise d'émettre une réserve à son endroit ! Il sera regardé comme un original qui s'en croit, ou pire, comme un beauf doublé d'un arrogant !

Mais un beau jour, la rumeur se lasse, l'exaltation retombe, et le sortilège s'évanouit. La fièvre du nouveau disparaît aussi vite qu'elle était venue. Trois petits tours et pfuit ! Elle aura duré ce que dure l'amour. C'est peut-être là, me direz-vous, son charme.

L'ivresse du succès, mes enfants, ne dure qu'un moment. Alors cueillez, cueillez ses fleurs avant qu'elles ne se fanent et ne perdent les plis de leur robe pourprée.

Shootez-vous sans attendre.

Le succès est une came qui doit se consommer sur-le-champ.

Mais gare aux effets de manque, secondaires à cette addiction, laquelle peut dégénérer en mélancolie !

Car addiction il y a, mes chers, et son cortège de symptômes : crise d'exaltation intense suivie d'une chute à pic tout au fond de l'abîme, hypertrophie du moi suivie de son effondrement, désir furieux d'exhiber ses e-nichons puis de rentrer sous terre et de n'en plus bouger, terreur de redevenir anonyme, autant dire mouru.
L'usage de cette drogue nommée succès exige donc que vous ayez une conscience aiguë de la volatilité de ses effets.
Les louanges qui vous avaient portés aux nues peuvent en un instant se muer en disgrâce et en se retournant vous faire tomber de haut. Et vous tuer.
Un mot dissonant, une bévue, un faux pas, une calomnie sur votre compte qui se répand comme un virus, une erreur protocolaire, un rien, un rien, et voilà votre triomphe anéanti en un instant, et vous sur le cul, dépossédés de tout, dessoulés et d'une lucidité effroyable, adieu les rêves.

Pour mimer les moralistes du XVIIIe dont j'admire infiniment les sentences en même temps que leur détestation des morales sentencieuses, il me plaît de vous dire qu'il n'est rien en ce monde de plus constant que l'inconstance, amen.

Règle 2

Ne compétez jamais, conseillait le très fameux Baltasar Gracián dans son *Art de la prudence*, au XVIIe siècle.
La compétition, disait-il, découvre les défauts que la courtoisie jusque-là camouflait, ravive les infamies que l'on croyait défuntes et qui remontent à la surface tels des cadavres de noyés, et déterre les ordures que le temps avait presque entièrement décomposées.
Mais les principes du XVIIe, l'élégance, la courtoisie et la bienséance qui régnaient alors dans les salons, sont tombés en désuétude, et ceux-là qui s'y livrent sont pris, aujourd'hui, pour imbéciles. Quand l'aurez-vous compris ?
De même, la morale puritaine qui guidait vos parents (d'extraction humble, faut-il le préciser) prônant la réserve et l'effacement, est une morale d'arriérés, une morale qui a sombré depuis longtemps, je suis au regret de vous l'apprendre. Et vous insulteriez votre chance si vous aviez la sottise de vous y conformer en restant plus longtemps en mode silencieux.
Votre discrétion risquerait fort d'être interprétée comme une absence déplorable d'ambition, et vous seriez sur-le-champ qualifié de modeste : tare des

ratés, des chochottes, des lopettes, des tafioles et autres impuissants.
Il est par conséquent urgent de vous en départir et de pratiquer tout l'inverse :

Compétez toujours.

Et adoptez définitivement ce conseil de Machiavel (*Règlements pour une société de plaisir*, article XXII) : *Chacun, soit homme, soit femme, afin de se mettre mieux en crédit, devra se vanter de ce qu'il n'a pas et de ce qu'il ne fait pas : s'il vient à dire la vérité, et à découvrir ainsi sa misère, ou toute autre chose, il sera puni suivant le bon plaisir du président.*

Règle 3

Pour ce, convertissez-vous aux nouveaux préceptes que voici :

N'hésitez pas à vous mettre en avant. Le côté m'as-tu-vu, autrefois réservé aux Méditerranéens des classes pauvres et autres mal élevés, est une qualité qui aujourd'hui s'admire.
Faites-vous mousser.
Et poussez votre avantage aussi loin que possible.
Voudriez-vous, par délicatesse, perdre votre vie ?

– N'y allez pas de voix morte. Faites du bruit. Faites du buzz. Faites bzzzz, bzzzz, bzzzz, bzzzz, bzzzz, bzzzz… Imitez le zonzonnement inlassable des mouches qui, selon Blaise Pascal, mangent le corps, parasitent l'esprit et empêchent l'âme d'agir.
Les mouches, aujourd'hui, mes petits, ont gagné la bataille sur le silence sans lequel la pensée, à ce qu'on dit, s'étiole.
Mieux vaut que vous en soyez prévenus si vous voulez retirer quelque avantage de ce nouveau paradigme.

– Ne baissez pas la tête, mes taurillons, avancez hardiment toutes cornes dehors. Montrez les crocs, bombez le torse et, sans prolégomènes, mordez, attaquez, envoyez la sauce et agissez ainsi que l'exhorte le grand poète contemporain Maître Gims : *Foncez dans l'tas, et mettez les pleins phares.*

– N'hésitez pas à jouer des coudes et du derrière pour mieux vous frayer un passage dans la foule des prétendants, quitte à les bousculer un peu, à les enjamber s'ils sont à terre (au figuré, bien sûr), ou à piétiner leurs orteils.
Et restez sourds, je vous en conjure, aux protestations des quelques délicats dont les pieds sont aussi sensibles que leur âme. S'ils gémissent, en vérité, c'est de n'avoir ni votre combativité, ni votre outrecuidance.

Règle 4

Dans cette même optique, exhibez-vous, mes bijoux, pavanez-vous, faites la roue, jetez-en plein les mirettes et étalez vos charmes les plus secrets. J'entends d'ici les protestations des culs serrés : vous nous invitez donc à imiter les prostitués ! Et alors ? Vous avez quelque chose contre les prostitués ?

Pour le dire de façon plus convenable : plus le public vous voit, mes chéris, plus il vous aime. C'est une règle mathématique qui ne souffre aujourd'hui aucune contestation.

Les gens dotés d'un grand talent oublient trop souvent d'en faire montre. Grossière erreur !
Ne soyez pas économes du vôtre. Faites-en des caisses. Affichez vos succès. Enflez-les. Outrez-les. Répandez-les sur les réseaux sociaux. Et claironnez-les comme si vous étiez Madonna ou Kylian Mbappé.
Ou mieux inventez-les.
Fabriquez-vous, comme Voltaire, votre légende sur mesure. Une enfance pauvre dans un HLM de banlieue, l'agression sexuelle par un oncle maternel, des parents indignes mais à qui vous avez magnifiquement pardonné, des souvenirs d'humiliations dans la cour de récré par le fils d'un patron plein aux as… sont particulièrement vendeurs.

Et applaudissez-vous vous-même sans fausse modestie. Tous les prétendants au succès agissent de la sorte.

Règle 5

Si vous avez négligé les lois impitoyables de la réussite et que, de ce fait, votre triomphe tarde à venir ;
si vos gifs n'ont déclenché que peu de visionnements ;
si votre vinyle n'a pas obtenu les suffrages escomptés ;
si votre long métrage a reçu de la presse un accueil dont le moins qu'on puisse dire est qu'il fut fort discret ;
si vous avez vendu 112 exemplaires de votre dernier roman, un four !, et que cet insuccès vous ravage l'esprit ;
si, par désespoir, vous vous êtes saoulé la gueule avec du mauvais vin et avez rompu définitivement avec la littérature, qu'on ne me parle plus jamais de cette cochonnerie ! :
reprenez-vous ! de grâce ! reprenez-vous !

La renommée, mes bichons, c'est la patience, la passion fixe, l'acharnement inflexible. C'est la rage des affamés, l'obstination des fauves. C'est l'inexorable résolution arquée vers un seul but. C'est l'ardent, le sauvage, l'inapaisable désir de parvenir au succès, quitte à tout sacrifier jusqu'à votre être même, quitte à tuer père et mère (note pour la bookstagrameuse : expression française désignant une posture virile, ne doit pas être prise à la lettre, quoique).

Aussi, en attendant les circonstances opportunes qui vous hisseront jusqu'au ciel, ne ruminez pas amèrement votre infortune comme le font tous les ratés, et arrachez-vous à cette morosité qui vous fait le teint laid.

Quoi donc, vous mollissez ?

Accrochez-vous, bon Dieu ! Et tenez bon la rampe !

Tout vient à point à qui… vous connaissez la chanson.

En attendant, maintenez-vous en forme, c'est super important.

Vous déprimez ? L'Anafranil n'est pas fait pour les chiens, que je sache !

Et qu'attendez-vous pour consulter madame Hubert qui est tout ensemble psychothérapeute, psycho-énergéticienne, psychogénéalogiste, psychonaturopathe, psycho-iridologue, psycho-allergologue, psychogérontologue, ai-je oublié quelque chose ?

Bougez-vous le popotin, bon Dieu ! Votre sinistrose finit à la longue par me faire perdre mon sang-froid.

Continuez le job : enfarinez, entourloupez, cajolinez, faites des pipes (mentales, s'entend), gazouillez mille douceurs à qui peut vous servir, sans reculer jamais devant aucun crachat ni aucune rebuffade.

Lubrifiez vos menottes, elles vous feront moins mal.

Et continuez à vous faire enfumer. Vous n'en crèverez pas, bon sang de bonsoir !

Peut-être y laisserez-vous des plumes, et votre dignité ; peut-être y laisserez-vous ce qu'il vous reste d'âme : mais votre entêtement finira par payer.

Le résultat, n'est-ce pas là l'essentiel ?

Un auteur gâte tout quand il veut trop bien faire, écrivait La Fontaine.
Je m'inscris en faux contre cette opinion, et vous somme précisément de « trop bien faire ». Autrement dit, de vous astreindre à ces règles que j'édicte, avec rigueur, je dirais même avec dévotion, et de les appliquer dans leur menu détail sans réserve ni mesure.
Sachez que ces règles se répètent depuis des temps immémoriaux, mais qu'elles sont devenues, aujourd'hui, encore plus impitoyables.
Les connaître et les adopter vous propulseront, je vous le garantis, vers la célébrité tant désirée et tous ses attributs.
Si vous êtes, par exemple, poète, elles vous amèneront à dépasser les Arthur Rimbaud, les Sylvia Plath et tant d'autres que je n'hésiterai pas à qualifier d'infirmes.
Ces pauvres rimailleurs, se croyant par orgueil au-dessus des intérêts sociaux, dédaignèrent ces lois, ou pire les défièrent, leurs poèmes n'étant, le plus souvent, que de purs actes de sabotage contre toute idée de succès, celui-ci n'étant à leurs yeux que la forme dégradée, abâtardie, vulgaire, en un mot bourgeoise, de l'immortelle Gloire.
Ils le payèrent de leur vie.

Voulez-vous subir le même sort ?

Alors un conseil : si vous avez la chance d'attraper le succès, ne le laissez pas, par indolence ou paresse, s'enfuir.
Exploitez-le à fond. Rentabilisez-le. Consolidez-le pierre à pierre. Faites-le prospérer. Et hâtez-vous, sur sa lancée, d'en produire aussi sec un deuxième. Chose aisée puisque :

Le succès produit les succès,
comme l'argent produit l'argent.

11
L'art de paraître

Vous l'avez à présent compris, le succès ne s'obtient jamais par la seule puissance du talent. Le talent seul, toute l'Histoire nous l'enseigne, n'apporte aucune renommée ni aucune fortune. Il faut donc l'y aider, conformément à cet axiome que j'écris, à votre intention, en lettres d'or, et que vous devrez garder constamment présent à l'esprit :

Il ne suffit pas d'être talentueux,
il faut avant tout le paraître.

De ce principe découlent tous les autres.
Et puisqu'il est admis que l'on juge toujours l'intérieur d'un être d'après sa devanture, il ne tient qu'à vous, mes chers lecteurs, de donner une haute idée de la vôtre par vos manières, vos attitudes, votre vêture, votre conversation, bref, par tout ce dont vous pouvez

disposer visant à faire accroire que vous êtes dotés de tous les dons du ciel.

Votre manteau, vos chaussures, votre coupe de cheveux, l'épaisseur de votre barbe, vos montures de lunettes, votre accent, vos bijoux, votre parfum, votre canne, la marque de vos cigarettes, la façon de nouer votre écharpe… tout l'attirail habituel de tromperies et d'artifices, toutes ces choses que vous jugez futiles, vous trahissent et révèlent votre statut, votre rang social, votre religion, votre irreligion, votre morale et jusqu'à vos opinions politiques, mieux que les discours les plus exhaustifs ne sauraient le faire.
Avez-vous remarqué, par exemple, qu'il existe une typologie particulière des personnes qui roulent leurs cigarettes : des intellos de gauche à l'âme artiste et férus de cinéma d'auteur, j'en connais quelques-uns.
En un mot : toute votre personne porte le texte de votre vie. Votre lifestyle.
Et rien de ce qui la concerne ne devra être laissé au hasard.

Voici donc quelques conseils concernant :
- votre tenue
- vos manières
- et votre conversation

1. Votre tenue

C'est sur elle, au premier chef, que vous serez noté. Choisissez-la avec soin et cessez vos propos dénigrants sur le paraître que vous nommez dédaigneusement le vernis.
Croire que l'esprit triomphe de la matière est une imbécillité pour poètes pauvres.
Pour le dire autrement :

Soignez votre plumage.

Sachez que tous les éclairs de votre esprit ne pourront jamais faire oublier une robe bon marché qui vous va comme un sac, ou un méchant costume dans lequel vous êtes engoncé comme dans un étui.
Ces fautes de goût s'avèrent d'autant plus pernicieuses que vous n'avez pas, hélas, la tête de l'emploi. Si vous êtes affligé par exemple d'oreilles décollées ou d'une calvitie précoce tout à fait antinomique avec l'état de poète, une erreur de vêture pourrait considérablement vous desservir.
Je vous le répète : croire que l'apparence n'importe pas est une imbécillité pour écrivains fauchés. Balzac l'avait très bien compris, qui était allé jusqu'à énoncer que :

L'incurie de la toilette est un suicide social.

Je vous conseille donc de choisir votre habillement avec zèle, de façon à paraître à la fois soigné et chic, tout en vous autorisant une touche de fantaisie. Bref, à présenter bien, comme on dit.
Mes recommandations s'inspirent de l'œuvre littéraire de la baronne Euprépie de Saint-Jurieu, notre Muse de la vie élégante, qui, pour notre agrément et notre bénéfice, nous indique les chausse-trappes d'une élégance mal conçue. Elle nous rappelle, entre autres choses, que le port d'une écharpe rouge, qui, au siècle dernier, donnait au poète cet air indompté et rebelle qui lui seyait si bien, est devenu aujourd'hui un article des plus communs.

Remarque :
En tant qu'artiste, poète ou assimilé, vous pouvez vous arroger toutefois un certain nombre de dérogations.
Si vous êtes un homme, il vous sera permis de pousser la licence jusqu'à vous chausser de Nike Air Max Plus (gaffe à la couleur, évitez l'orange), et porter un sweat à capuche noir même si votre maman le trouve trop « banlieue », c'est sa phobie.
Si vous êtes une femme, vous pourrez agrémenter votre poitrine d'une araignée géante ou de tout autre

accessoire susceptible d'attirer les regards sur vos proéminences.
Mais en ce domaine comme en tout, songez à ne pas dépasser la mesure, sous peine de vous voir accusé·e d'être superficiel·le et d'accorder plus d'importance à votre plumage qu'à votre ramage.

L'autre écueil à éviter est d'être tiré à quatre épingles. Trop de perfection, trop de rigueur, trop de solennité dans votre mise pourraient jouer en votre défaveur. N'oubliez pas, c'est encore Balzac qui l'affirme, n'oubliez pas que *L'élégance travaillée est à la véritable élégance ce qu'est une perruque à des cheveux*.
Choisissez un vêtement à l'image de votre esprit : souple, élégant, décontracté, et dans lequel vous n'aurez pas l'air d'avoir avalé un manche.

Nota bene :
Si vous êtes âgée de plus de 65 ans, n'espérez plus rien de l'élégance de votre mise, ni du charme de vos manières, ni du brillant de votre conversation. Allez immédiatement vous rhabiller, vous êtes hors d'usage. Et consacrez-vous à tricoter des écharpes pour les assistés de la Croix-Rouge ou à écouter des conférences sur le dégel de la banquise qui n'est pas sans rappeler votre situation. Vous êtes devenue d'une importance nulle au sein de notre vaste star system. Exception faite de certaines poétesses, écrivaines et artistes féminines sur le retour qui, à l'instar de Patti

Smith, ont le droit d'être moches, mal fringuées et d'avoir de la moustache. (Quitte à contrarier mes lecteurs friands de méchancetés, je ne révélerai pas le nom de mes consœurs les plus ingrates, soucieuse que je suis de ne point froisser leur ego).

2. Vos manières

Le talent ne dispense en rien des bonnes manières. Je dirais mieux : les bonnes manières le rehaussent. Elles sont même, mes amis, tout à fait décisives. Ne le perdez jamais de vue.
Ce sont elles qui s'offrent en premier. C'est par elles que vous vous faites connaître. Ce sont elles qui piquent ou non l'attention d'autrui. Elles qui adoucissent ou aggravent ce qu'il y a d'acide et de cruel en vous. Elles qui augmentent ou diminuent votre capital sympathie, pour vous parler en manageuse. Et elles encore qui suppléent à votre talent lorsqu'il s'est fait la malle.

Je ne le dirai jamais assez : la plus vive intelligence, le don le plus assuré, le savoir le plus profond ne sont rien s'ils ne sont habillés des manières qui conviennent.

Prenez deux femmes politiques à compétence égale. De l'une émane un charme indéfinissable, et les inflexions de sa voix, la douceur de ses gestes, la grâce

de sa mise, le rouge de ses lèvres, nous font voir aussitôt le monde comme éclairé et embelli.
L'autre, qui avance les mêmes idées moulées dans les mêmes termes, mais sèchement, avec quelque chose de froid et de rectangulaire, et qui, pour aggraver son cas, est fringuée comme l'as de pique, éveille en nous un invincible sentiment de défiance.

L'important est de savoir que ce qu'on appelle les bonnes manières a récemment subi une mutation radicale.
Autrefois, les traités de savoir-vivre vantaient les vertus aristocratiques de la discrétion, de la réserve et de l'effacement. Monopoliser la parole, parler de soi complaisamment, se vêtir de couleurs criardes, se mettre ostensiblement en avant, en un mot : se vendre, étaient selon le beau Brummell (lequel consacrait tous les jours cinq heures à sa toilette !) étaient choses d'une extrême indécence.
Autrefois, et ce n'est pas sans rapport avec ce qui précède, autrefois les traités de savoir-vivre faisaient la part belle aux joutes oratoires que l'on appréciait justement parce qu'elles ne satisfaisaient qu'un pur plaisir d'intelligence, et ne rapportaient nul bénéfice concret.

Tout cela n'a plus cours, mes candides. Vous devez vous rendre à l'évidence.

L'intelligence n'est plus estimée que par l'obtention de gains et les avantages mesurables qu'elle est susceptible d'engendrer.
L'érudition, qui était pour Socrate l'ornement de notre âme, s'est transmuée en goût de l'ostentation ;
l'inutilité souveraine de la beauté, des arts, de la littérature, en recherche effrénée de l'utile ;
nos rapports affectifs, en business ;
et nos liens de famille, en gestion calculée de nos parts d'héritage.
Quant à nos anciens traités de savoir-vivre, ils ont été avantageusement remplacés par des traités de savoir-réussir, dont je me flatte d'avoir inauguré révolutionnairement le genre.

L'un des buts principaux de mon traité de savoir-réussir est donc de vous apprendre à accommoder vos manières aux différentes personnes et tribus que vous aurez à rencontrer afin de tirer d'elles le meilleur parti.

Car les manières de chacun avec chacun varient. Ce qui est séant ici, peut paraître là obscène, et un geste aimable à untel sembler haïssable à tel autre.

Voici donc quelques conseils valables, en toutes circonstances :

– Ôtez cette pudeur qui vous fait tout pataud, et quittez je vous prie cet air contrit qui donne de vous l'image peu flatteuse d'un smicard de banlieue.

– Faites-vous un visage. Je veux dire un visage qui ne s'excuse pas. Un visage conquérant. À la Delon.

– N'hésitez pas à vous faire valoir d'une manière ou d'une autre, je ne crains pas de vous le répéter. Dévoilez par ex. vos relations brillantes : Sophie Davant, Salman Rushdie, Jean-Marie Bigard... Les pudeurs d'un Swann, qui jugeait indélicat d'en faire montre, seraient aujourd'hui totalement incomprises.

– Étalez vos succès. Mettez-en plein la vue.
Le faste d'étalage, que Brummell autrefois qualifiait d'impudique et grossier, est devenu aujourd'hui indispensable, car :

Ce qui ne se voit pas
reste sans existence.

De là découle cet aphorisme :

Le succès d'une chose est proportionnel
à son étalement.

Et n'allez surtout pas vous déclarer modeste !
Qui se déclare modeste se déclare impuissant, se déclare raté, se déclare minable, et suscite la condescendance ou pire la pitié.

Lorsqu'on compte pour des prunes et que personne ne fait le moindre cas de vous, être modeste n'est strictement d'aucun mérite.
La modestie, mes chers et chères, est, elle aussi, un luxe de nanti. Et seul un riche peut se réjouir, sans être ridicule, de dîner d'un bouillon de navets et de préférer l'eau pure d'une source à une coupe de champagne Armand de Brignac à 60 000 euros la bouteille.

Prenez soin de taire vos défaites et ne prononcez pas un mot qui amoindrisse vos mérites. Car il y aura toujours quelques mauvais esprits qui brûleront de le souffler à d'autres, lesquels brûleront de le souffler à d'autres, et d'autres à d'autres, et ainsi de suite. Si bien que votre parole lancée étourdiment finira, à force de voyager de bouche en bouche, par s'imposer comme une vérité incontestable, et vous revenir sur la poire, en boomerang.

N'allez pas, si vous êtes écrivain par exemple, qualifier, croyant faire preuve d'une belle humilité et imiter Voltaire évoquant son « Candide », qualifier votre livre de *coïonnerie*.

Et n'avouez jamais qu'écrire, certains matins, vous semble une fumisterie, un exercice vain, un geste d'une rare arrogance, ou le cancer mental dont lentement vous vous soignez. N'avouez pas davantage que vous avez parfois le sentiment que vous écrivez comme on crache. On vous croirait.

12

L'art de paraître

(suite)

3. L'art de converser

Il me paraît tout à fait justifié ici de parler d'art, car il s'agit bien d'un art véritable que de savoir vendre du vent.

Tout s'achète, mes enfants, grâce à ce vent qui souffle de nos bouches.

Tout se négocie. Tout se marchande. Tout s'acquiert par des phrases. Les unes confites dans le sucre, d'autres ternes et farineuses, d'autres trempées dans le fiel, d'autres impératives, d'autres venimeuses, d'autres rampantes, d'autres serpentueuses et certaines tueuses, au gré des intérêts qui les motivent.

Quelques irresponsables ont prétendu que le véritable art de converser était de le faire sans art. Nous nous élevons contre cette pensée commune.

Goethe, quant à lui, écrivait que l'éloquence pour être efficace devait partir du cœur. Autre inanité de midinette !
En revanche, Protagoras, célèbre pour avoir dit que l'homme était la mesure de toute chose, a brillamment démontré que l'on pouvait défendre n'importe quelle cause mais à la condition de connaître à la perfection les règles qui régissent l'art de converser et les manières de persuader.

Ces règles ont bien changé depuis l'Antiquité. Les voici donc remises à jour grâce à l'acuité et la puissance de ma pénétration.

• Les Règles

Règle 1

Montaigne, au XVIe siècle, écrivait que, dans une conversation, savoir écouter était la règle majeure. Et moi je vous dis, en ce mois de janvier 2023 : Accaparez la parole ! Monopolisez-la ! Confisquez-la jusqu'à étouffer tout échange ! Ne laissez pas à l'autre le temps de respirer ! C'est la seule façon, aujourd'hui, d'être ouï.

Règle 2

N'allez jamais contre l'opinion commune, vous soulèveriez des tollés, seriez condamné à la réprobation de tous, et finiriez votre vie seul, seul, aussi seul qu'un tyran.
La singularité, je vous l'aurai répété *ad nauseam*, est odieuse au grand nombre.
Or, tout succès repose sur son approbation (du grand nombre).
C'est ce qu'ont parfaitement compris les hommes politiques qui vont chasser leur clientèle tous azimuts dans le but de se faire élire. Si bien que le premier zigoto venu, s'il a bien caressé l'opinion dans le sens de son poil et par tous les moyens possibles, peut se retrouver hissé à la tête d'un pays.

Règle 3

Ne cherchez pas à être trop caustique. Vous inspireriez la crainte.
Ni trop aimable. On vous tiendrait pour un sot.
Ni trop érudit. On vous accuserait d'être un fat.
Ni trop drôle. On vous taxerait de lourdeur.
Ni trop railleur. Vous susciteriez la défiance.
Ni trop brillant. On vous qualifierait de faiseur.
Ni trop intelligent. On vous rabattrait le caquet.

Ma non troppo devra être votre absolue devise.

Règle 4

Ne suivez surtout pas l'exemple de ces ploucs qui n'ont pas eu le cran de quitter leur sous-préfecture natale pour aller cueillir le succès dans la capitale de l'esprit, qui est aussi la capitale du pouvoir, ne l'oubliez pas.

Mais pour l'amour du ciel, si vous arrivez d'une de ces villes aux mœurs arriérées telles que Dijon ou Nîmes, désemprovincez-vous au plus vite, abandonnez vos façons de rustaud et corrigez-moi cet accent épouvantable.

Règle 5

Bien que vous vous prétendiez de mœurs fort pacifiques, apprenez, comme tout le monde, à dégommer, débiner, persifler, médire, et pas seulement des Arabes.

Car non seulement la médisance est délicieuse au palais comme à l'âme mais, badigeonnée du vernis « liberté d'expression », elle fédère, et renforce le groupe.
Chacun a pu le constater,

La médisance cimente le lien social.

D'où le conseil de Machiavel dans l'article IV de son *Règlement pour une société de plaisir* :

On devra sans cesse médire les uns des autres ; et si l'on admet un étranger dans la société, on dira publiquement tout ce qu'on peut avoir appris de ses péchés, sans être retenu par aucune considération.

Machiavel recommande aussi, article XII :
Il est défendu à qui que ce soit, dans les assemblées de la société, de garder un seul moment le silence : plus on babillera ; plus on parlera tous à la fois, plus on méritera de louanges ; et celui qui le premier cessera de parler devra être tourmenté par tous les membres de la société, jusqu'à ce qu'il dise les motifs qui l'ont obligé à se taire.
Babillez donc, babillez, babillez, babillez, mes biquets, couinez, caquetez, crachotez, cancanez, colmatez votre vide, conjurez le néant, déblatérez n'importe quelles conneries à propos de n'importe quoi. Vous n'allez pas laisser ce luxe aux seuls coiffeurs, tout de même !

Règle 6

Fade est un mets, disait le poète latin Martial, sans la morsure du vinaigre.
Je l'approuve sans réserve et vous invite fermement à être méchant : c'est chic.
Mais soyez-le modérément et à bon escient ; soyez-le, si j'ose dire, aimablement ; soyez-le tout sourire et en dosant avec justesse votre vinaigre. Un doigt.

Règle 7

Idem en ce qui concerne le mépris.
Il faut, écrivait Chateaubriand en expert, dispenser son mépris avec parcimonie tant il y a de nécessiteux.
D'où cette recommandation :

Méprisez peu, mais méprisez bien.

• Les thèmes à aborder

A. Les thèmes politiques

Ne vous prononcez jamais sur un sujet politique si vous ignorez les positions en la matière de telle personne ou de tel milieu.
Abjurez tout d'abord votre gauchisme d'adolescent et ses nigauderies et ses rêveries mièvres et ses projets naïfs d'inventer un monde radicalement autre. Vous êtes à présent rangé des voitures, marié, comme il faut, responsable quoi.
Apprenez à ne jamais hausser le ton et à pratiquer abondamment la litote ! (Note pour la bookstagrameuse : litote = petit lit, non, je plaisante.)
Optez pour la mesure, la pondération, l'eau tiède, la tisane au tilleul.
Faites-vous terne, impeccablement terne.

Dites avec un bon sourire que tous les différends qui vous opposent aux autres peuvent bien entendu se régler à l'amiable et par une intelligente concertation. Autrement dit que vous acceptez de vous faire baiser jusqu'à l'os. Vous passerez aux yeux de tous pour infiniment sage.

Annoncez, à titre préventif, que vous laissez la politique politicienne qui souille tout ce qu'elle touche, aux médiocres et aux corrompus. Ajoutez qu'elle ne sert, le plus souvent, qu'à alimenter de sombres polémiques pour journalistes à court d'idées.

Faites savoir qu'en tant qu'artiste (petit mouvement de fierté au niveau des épaules) vous êtes très au-dessus de ces questions. Restez poétiquement évasif. Ou répondez par un discours sur l'éclectisme et l'ouverture d'un esprit qui accueille la vérité d'où qu'elle vienne. Très apprécié.

Si l'on vous pousse toutefois dans vos retranchements et que vous ne parvenez pas à vous dérober, ripostez par une plaisanterie.
Aucune ne vous vient ? Ralliez-vous aussitôt à l'opinion commune. Les opinions communes, par définition, ne vous engagent en rien, ne vous exposent en rien, et ne portent donc pas à conséquence, seraient-elles meurtrières, comme souvent.

S'il advient qu'un grossier personnage insiste désobligeamment pour connaître le fond de votre pensée, répliquez-lui, à bout de patience, que vous êtes un anar, oui un anar, et de la pire espèce ! Portez des coups terribles à toute notion d'ordre, de contrôle et de domination ! (déclaration verbale d'une innocuité parfaite). Jetez de hauts cris contre le nombre grandissant de pauvres (c'est toujours de bon aloi). Révoltez-vous crânement contre la clique des bien-pensants en nombre grandissant ! Vous êtes un artiste indompté et il faut bien que ça se sache à la fin, merde ! Vous n'allez quand même pas vous excuser d'avoir une parole libre ! Jusqu'à preuve du contraire, vous n'habitez pas en Corée du Nord, putain !
Après cette sortie, rétrogradez lentement, fendez-vous d'un sourire futé propre à signifier que vous êtes un farceur, et lancez une blagounette pour faire oublier votre fâcheux éclat. C'était pour rire !

Bien évidemment, lorsque vous serez devenu puissant et fortuné, fini la tiédeur ! fini la fadeur ! fini les prudences ! Vous n'aurez plus à parler à demi-mot ni à balbutier des borborygmes avec l'appréhension de commettre une bourde. Vous pourrez vous permettre toutes les impertinences, traiter tel écrivain fameux de piètre marchand de phrases et ses romans que vous n'avez pas lus de pauvres torche-culs, user de mots tels que bite couille et cul, et protester avec vigueur contre tout ce qui vous entrave. Chacun dira de vous que vous avez la parole franche et un cœur sans détour.

Protester, mes trésors, est un luxe de riche.

Quelques situations particulières

a) Si vous vous trouvez propulsé dans un milieu de gauche

Mieux vaut que vous connaissiez ses thèmes de prédilection : le racisme, les discriminations, la convergence des luttes, l'exploitation de l'homme par l'homme, la dégradation de la planète, l'obsolescence humaine et, d'une manière générale, les désastres du capitalisme (vous risquez cependant, en vous aventurant sur ce terrain, de vous voir rétorquer que vous osez vous en prendre à un système dont vous profitez sans scrupule).
Leitmotivs subsidiaires : le genre, la non-binarité, l'intersectionnalité, le décolonialisme, je dois en oublier.

– Avec les accents d'un syndicaliste, pestez contre les maltraitances et les iniquités subies par les travailleurs et travailleuses qui se détruisent en vendant leur force de travail : burn out, tendinopathies, fatigue de tout l'être, existence de merde, votes à l'extrême droite et tout ce qui s'ensuit.

– Déclarez haut et fort avec un vif mouvement de tête que tout pouvoir, hormis celui de votre leader adoré, adultère la morale.

– Indignez-vous au moindre soupçon de corruption et faites l'apologie du désintéressement avec la conviction de qui est sans reproche.

– Et lancez-vous dans la défense lyrique des damnés de la terre tout en levant le poing. Non, là c'est trop, je m'emballe.

– Si votre délicatesse vous empêche d'exprimer les sentiments compassionnels qui vous étreignent ; si vous trouvez choquant d'étaler les actions que vous menez discrètement dans une pure intention altruiste : surmontez cet empêchement. Faites savoir haut et fort que vous avez accompagné la lutte des ouvriers de l'entreprise GEFA, et opéré de nombreuses démarches en faveur des sans-papiers. Vous en serez béni.

b) Dans un milieu, disons modéré, pour aller vite

– Abordez les sujets déclarés brûlants lesquels refroidissent en vingt-quatre heures : les derniers gros titres, l'assassinat de X, le divorce de Z, le dernier film de S, les méfaits de R : la bête noire du moment qui sera remplacée dès demain par une autre, les dernières séries à la mode, le dernier Goncourt en précisant, l'air pénétré, que vous n'êtes pas dupe des combines dont ce prix est le fruit, le déclin du civisme, la corruption en politique, la guerre en Ukraine, l'appauvrissement du langage, le conspirationnisme et la question qui lui est chevillée : comment sauver les ignorants, etc.

– Fustigez, avec un sourire ironique, l'esprit de courtisanerie. Cela plaira infiniment aux courtisans.

– Affectez de mépriser la vie mondaine et ses mondanités. La plupart des mondains adorent entendre des insanités sur les consignes et prescriptions qui régissent leur petit monde ; autant de règles policées qui les corsètent, disent-ils, mais auxquelles ils se plient avec volupté ; dont la non-observance (manger un fruit avec ses doigts, saucer son assiette...) leur semble aussi coupable que d'exhiber son sexe ; et qu'ils se plaisent à moquer sans pour autant aller, que Dieu les en préserve, jusqu'à les subvertir.

– Dites sur un ton conciliant que vous regrettez le peu d'intérêt du lectorat actuel pour le style et citez la phrase de Flaubert : le style est *insurrectionnel aux gouvernements et immoral aux bourgeois.* Complétez cette citation par une autre du même : *J'appelle bourgeois quiconque pense bassement*. Vous obtiendrez un joli succès auprès de ces derniers.

Moquez-vous gentiment des végétariens, végans et autres fanatiques, et faites l'éloge appuyé de l'impureté en toutes choses.

Parlez sur un ton de révolte de la prison que constitue la famille avec laquelle vous passez tous vos dimanches et jours fériés (soupirs).

Les thèmes à la mode étant régulièrement recyclés, veillez à vous tenir au courant des derniers faits divers scabreux, notre cerveau humain ayant une propension naturelle, vérifiée scientifiquement, à être attiré par l'abjection sous toutes ses formes.

c) Dans un milieu de droite

– Exprimez votre dédain des vils intérêts financiers et autres ponts aux ânes. Vous ne rencontrerez qu'acquiescements.

– Élevez-vous avec véhémence contre ces entreprises qui s'engraissent au détriment des plus faibles. Vous obtiendrez l'assentiment enthousiaste de ceux-là mêmes qui les dirigent et pensent faire œuvre pie en misant sur une « technostructure du *care* », deux termes qui ne sont en rien contradictoires ou incompatibles, comme quelques esprits obtus, de gauche à n'en pas douter, le prétendent.

– Étendez-vous sur les bonheurs offerts par la nature, sujet inoffensif s'il en est : les feux de bois devant la

cheminée, le doux murmure des chênes centenaires, le sens chorégraphique des biches, l'espièglerie des renardeaux, l'intelligence des calamars, la radicalité des poissons torpilles, la sensibilité des rémoras aux sermons religieux[1], *i tutti quanti*.
Et dénigrez Paris que vous ne quittez qu'exceptionnellement : sa puanteur, ses encombrements, ses tapages mondains et son absence sidérante d'amitié envers notre terre Gaïa et les espèces interconnectées qui la parcourent, l'animent, la protègent, la renforcent, l'embellissent, l'empanachent, la colorent et la fécondent dans une sorte de symphonie du vivant à laquelle nos gouvernants restent cyniquement, scandaleusement, meurtrièrement sourds. Envoyé !

– Déplorez l'extinction des albatros qui meurent le ventre farci de plastique et citez Baudelaire (un vernis poétique est toujours apprécié et masque mieux qu'un fard la fureur de gagner) en vous interrogeant, le visage fatal, sur la possible extinction des poètes. La vôtre.

– Indignez-vous, dans un bel élan de vertu outragée, devant tous les trafics, tripotages et tambouilles diverses qui n'épargnent pas plus le monde artistique que le monde politique. Faites en sorte que, le disant, votre regard souligne la réprobation de vos paroles.

1. Allusion au Sermon « aux poissons » de saint Antoine.

B. Le thème du travail

L'oisiveté était autrefois un signe de distinction aristocratique. Elle est aujourd'hui violemment contestée par les classes aisées qui considèrent que l'improductivité n'est rien d'autre qu'immorale, et la fatigue : un préjugé idéologique visant, le plus souvent, à justifier la feignasserie et le je-m'en-foutisme.

Il n'est pas rare de voir un directeur des ressources humaines s'enorgueillir de travailler quatre-vingts heures par semaine, et tel homme puissant se flatter de faire sans interruption « travailler » son argent, pas con.

Plaidez, quant à vous, pour le travail ininterrompu, excellent remède contre l'acédie et les pensées dangereuses. Et offrez-vous en exemple. Comment pourriez-vous concevoir une seconde de vous livrer à temps partiel à votre infatigable, votre inaltérée, votre exclusive, votre si ardente passion d'écrire que nul ne peut vous approcher sans s'y brûler (tressaillements).

C. Les thèmes littéraires

Vous êtes un écrivain débutant et vous avez l'ingénuité de la jeunesse.

Et bien que vous ayez compris depuis longtemps que la politique politicienne était un jeu de massacres, vous ne parvenez pas à vous figurer que le milieu littéraire puisse recéler les mêmes cruautés. Or elles

s'y vérifient là autant qu'ailleurs, je suis navrée, mes innocents, de vous l'apprendre.
Il faudra bien que vous vous y fassiez.

– À titre d'entraînement, exercez-vous à dézinguer avec force postillons la littérature dite de grande consommation et les derniers best-sellers de Jérôme Tusso. L'exercice est sans risque et vous vaudra maintes complicités.

– Affectez de dédaigner les livres censés promouvoir le développement personnel et autres opuscules fabriqués par ces jardiniers de l'âme dont les recettes bio nous guident dans les méandres de la vie, laquelle s'avère merveilleuse pour peu que nous sachions trouver le chemin de notre jardinet intérieur avec ses radis, ses fraisiers, ses salades, toute cette beauté simple et saine que, dans nos errements, nous avions oubliée, et percevoir la grâce d'une rose en ouvrant grand nos yeux, nos bras ou notre chatte, et en fermant nos gueules devant le DRH.

– Critiquez les écrits des influenceuses et influenceurs sur le ton d'une personne qui a le courage de ses opinions. Vous apparaîtrez comme un esprit caustique et un fort caractère.
Toutefois, prenez soin de demeurer discret en leur présence. Quelques influenceuses ont, semble-t-il, par leur seul volume fessier, le pouvoir de booster la vente

de certains produits au point d'en faire exploser les ventes. C'est ce que des analystes appellent l'influence par le bas.
Gardez aussi à l'esprit que l'une de ces beautés pourrait un jour se retrouver épouse de ministre.
Les culs volumineux favorisent, semble-t-il, les grandes destinées.

– Soyez prudent envers les gloires du moment que, par une sorte d'engouement atmosphérique, de folie mimétique, de suivisme épidémique, sont déclarées incontournables et révérées de tous. (Suivisme répondant sans doute au besoin du public – ce nouveau nom du peuple – d'avoir sa ration régulière de vedettes, et en l'occurrence, de vedettes écrivains.)
Puisque vous n'avez d'autre choix que de soupirer d'enthousiasme si vous ne voulez pas avoir l'air plus con que les autres, affectez donc de les admirer.
Admirez-les en les égratignant, histoire de paraître subtil. Il n'est de rose sans épines, ni de livre sans défauts, n'est-ce pas ?
Applaudissez à leur chef-d'œuvre, tout en assortissant votre éloge de précautions verbales commençant par néanmoins, quoique, bien que, au demeurant, ou n'empêche que.
Mais ne cédez pas à la sotte tentation de mener une réflexion critique à leur endroit, comme votre refus de la tyrannie des modes, votre désir de contester les

entichements serviles et votre inclination à rejeter toute pensée grégaire et toute contrainte infondée, pourraient dangereusement vous y pousser.
Ce serait blasphémer.
Et vous apparaîtriez comme un jaloux abominable, ou un impertinent.

Ne mettez jamais en doute leur postérité.
Nous avons beau savoir que toute vie est passage et tout pouvoir précaire ;
nous avons beau savoir que la plupart des œuvres sont mangées par la mort – qui se souvient aujourd'hui de Ponson du Terrail ou Michel Zévaco, ne parlons pas des femmes, qui furent de leur temps des auteurs appréciés ? ;
nous avons beau savoir que les stars d'un été sont jetées aux orties et immédiatement supplantées par d'autres, qui seront supplantées… *ad infinitum* ;
nous pensons et agissons comme si le temps était immobile et ses valeurs à jamais fixées.

– En revanche reniez sans remords les auteurs que vous affectionnez s'ils n'ont pas été oints par les Saintes Huiles du clergé littéraire.

– D'une manière générale, réservez vos coups de griffes aux inoffensifs, aux esseulés, aux pas-grand-chose, aux membres de votre famille, à Sophie et Julien vos deux amis de cœur. Auprès d'eux, libérez votre esprit. Ne mâchez pas vos mots. Et sans ménagement, envoyez-leur dans les narines ce que vous avez sur l'estomac. Cela vous conférera, en même temps que le sombre plaisir de les malmener, une noble idée de vous-même : celle d'un esprit intègre et ne négociant pas avec sa vérité, quoi !

– Déclarez haut et fort que la littérature, tout comme la Finance, est incompatible avec la morale moralisante. C'est du meilleur ton.

– Montrez de la mansuétude envers les boursouflures de saison, Prix Machin Prix Chose Prix du Marché, dont la banalité vous rassure. Leurs auteurs pourraient un jour vous rendre la pareille, démarche que les économistes désignent du nom charmant de « retour sur investissement ».

13

Du bon usage du malheur d'autrui

et de quelques autres éléments

1. Du bon usage du malheur d'autrui

Le temps où un Mallarmé tenait sa gloire d'une société secrète qui regroupait tout au plus cinquante fanatiques transis d'admiration, ce temps-là est totalement enterré, Dieu merci.
Est-il besoin de vous rappeler que vous êtes entrés dans un autre monde et une autre morale.
Et qu'il est urgent que vous réalisiez que :

Les humains d'aujourd'hui placent tous leur salut dans l'opinion publique.

Ne vous insurgez donc pas contre sa tyrannie, si vous souhaitez que votre livre, ou tout autre objet ou cause à vendre, obtienne un véritable triomphe et devienne ce piège à foule que vous convoitez âprement.

Enjôlez-la (l'opinion). Alléchez-la. Aguichez-la.
Racolez-la. Appâtez-la.
Et pour la mieux hameçonner, empressez-vous de l'émouvoir.

Car la foule, mes cœurs purs, réclame à grands cris sa dose d'émotions, son alcool, son ivresse.
Et les malheurs d'autrui, fussent-ils des fictions (enfants martyrisés, femmes en guerre, exils dévastateurs...), les malheurs d'autrui ont ce don singulier de la « divertir » au sens que Blaise Pascal accordait à ce verbe, c'est-à-dire d'occuper son esprit et son temps sans que cela n'apparaisse jamais comme une diversion ou un amusement, mais comme une chose noble, sérieuse, exemplaire, voire admirable.
Cette foule affamée de choses qui asservissent se repaît, vous disais-je, de divertissements. Car en la détournant d'elle-même, ces divertissements colmatent le vide de sa vie, offrent à son mal-être une forme d'opium, et apaisent pour un temps sa conscience coupable.

2. Du bon usage du mensonge

Quant à la réécriture menteuse des faits, les trucages de l'Histoire, la manipulation de masse par des images trafiquées et des discours idoines, ils ne sont plus réservés aux seules canailles de la politique !

Le mensonge a subi en quelques années une transformation prodigieuse : il était une tromperie vis-à-vis de la réalité. Grâce au Web, désormais, il la remplace. Vous saisissez ? Le mensonge en lieu et place de la réalité, voici l'ultime mutation que l'on diagnostique, aujourd'hui, dans d'innombrables domaines, et qui comporte bien des avantages pour qui veut réussir son coup.

Profitez, vous aussi, de cette aubaine.
Elle vous permettra, je vous parle sans détour, d'abuser les crédules (qui sont légion) en tout bien tout honneur et sans alerter les polices.
Mentez donc, mes chéris, puisque mentir, si choquant que ça paraisse, mentir n'est plus mentir, puisque mentir c'est, par un tour de passe-passe, substituer une réalité à une autre, puisque mentir c'est, en quelque sorte, inventer une contre-réalité.
Depuis les nouveaux territoires virtuels dans lesquels vous naviguez, vous pourrez affirmer, sans preuves vérifiables, que vos produits s'arrachent ; les gratifier de vertus qu'ils ne possèdent en rien ; vendre pour authentiques de faux objets de marque ; cameloter la poudre dite de perlimpinpin ; gonfler outrageusement le chiffre de vos likes ; et faire accroire, pour résumer, n'importe quel bobard.
Supercherie géniale ? Désinformation immonde ? Cybermagie ? Escroquerie planétaire ? Qu'importe !

Peu vous chaut (un mot huppé, de temps à autre, pour en jeter), peu vous chaut que certains jaloux vous objectent que tout ça c'est du flan.
L'essentiel, c'est le résultat, oui ou non ?

Remarque : faire croire à la vérité est autrement problématique.

3. Du bon usage de la méchanceté

Puis-je vous rappeler qu'à la fin de *Lucien Leuwen*, Stendhal écrivait : *La méchanceté rend intelligent*.
Je vous le confirme, mes chers. Et me permets d'ajouter qu'une méchanceté bien employée peut s'avérer décisive si l'on veut mener à bien un certain nombre d'offensives.

Pour en user profitablement, je ne saurais trop vous conseiller de prendre pour modèle l'homme influent dont j'ai esquissé le portrait dans le chapitre 4.
Un maniaque, un champion, que dis-je, un artiste de la méchanceté.
Un stratège hors pair, animé d'une fervente vocation pour les paroles et les actes cruels, indissociables, selon lui, de toute opération visant la réussite.

Notre homme influent a en effet compris qu'il fallait, pour triompher, dominer et asseoir son pouvoir, allier la ruse du renard à la férocité du fauve.
Intriguer et faire peur.

Capable donc de brutales transactions menées le plus souvent grâce à d'indécelables entourloupes et un opportunisme des plus ondoyants, il se félicite intérieurement à chacune de ses victoires et ne peut concevoir que tous ne soient, devant lui, confits d'admiration.
Il se pense considérable.

Son entourage, un quarteron de faibles qu'il a expressément choisis en raison de leur faiblesse, ne fait que l'en convaincre.
Tous lui cèdent et tous le remercient de n'être pas infâme.
Il peut néanmoins se montrer odieux, son passe-temps favori consistant à rappeler à ceux qui sont ses obligés qu'ils sont ses obligés ; à leur faire briller de grandes espérances, puis de but en blanc, comme ça, sans crier gare, à violemment les annuler ; à flatter leur ego pour mieux ensuite le flétrir ; à vanter le talent des uns pour amoindrir celui des autres ; à attiser leur inquiétude par quelques phrases énigmatiques ; ou à les rabrouer sans le moindre motif.

Cette sombre propension à blesser tous ceux-là qui l'entourent, ces mufleries gratuites, ces cruautés verbales qui lui viennent spontanément aux lèvres, le délestent et le désennuient en même temps qu'elles le reposent. Car elles l'arrachent pour un instant à ses préoccupations d'homme puissant, obsédé par la recherche incessante

de brutalités et d'intimidations nouvelles destinées à ses concurrents, en vue de conserver son règne.
Mais l'âge aidant, ce trait de sa personne qui semblait enchâssé en son âme, a perdu de sa belle vigueur.

Ce qui, en revanche, ne faiblit pas en lui, c'est le contentement qu'il éprouve à être sollicité, prié, imploré, agrippé, supplié.
Il savoure ces requêtes avec le même plaisir qu'il savoure son « canard au sang », à la Tour d'Argent où il déjeune régulièrement avec son ami François.
Ce sont d'ailleurs les rares moments où son visage s'humanise.

Un autre enfin de ses plaisirs est de défendre mordicus un avis le lundi, et le mardi un avis tout contraire, sans autre motif que de déstabiliser ceux qui ont adhéré à sa première opinion.
Façon de prouver que c'est lui, et lui seul, qui dicte le sens (dicter du latin *dictare* dont est issu *dictatura*).
Lui seul qui décide des choses. Lui seul qui est craint et obéi. Et lui seul, donc, qui détient le pouvoir.
Ça le fait jouir.
Et de toutes ses jouissances, celle-ci est, de loin, la plus enivrante.
Celle que peu de personnes ont l'heur de ressentir.

14

Du bon usage des réseaux sociaux

Il était sottement admis, jusqu'à ce que je me lance dans cet irréfutable essai, que la beauté et la dignité d'un lien étaient en raison inverse de son utilité. Ce chapitre de l'histoire est définitivement clos. Finito ! Il faut désormais vous persuader que :

Il n'est de liens valables que ceux qui s'accordent à vos intérêts.

Quels sont ces liens ? Par quels moyens les conquérir ? Et comment en user ? Voici ce qu'à présent je m'en vais exposer avec le discernement et le sérieux dont je suis coutumière.

Je prendrai pour modèle l'usage qu'en font les écrivains en général et ma personne en particulier, puisque je les visite (les réseaux) et m'y manifeste tous les jours que Dieu fait, pour le plus grand plaisir de tous ceux qui me suivent, et ne sont point contraints de lire mes ouvrages pour les liker tout à loisir, dans ce perpétuel échange de signes auquel ils s'adonnent pour se reconnaître et s'agglutiner.

**Il est devenu, aujourd'hui,
tout à fait superflu de lire,**

je puis vous l'affirmer sans la moindre nostalgie.

Nos cerveaux saturés d'informations incessantes et sans lien les unes avec les autres, ne disposent, en effet, que d'une part réduite d'attention aux œuvres littéraires. Et le nombre de lecteurs véritables, je veux dire de lecteurs ayant un contact intime, direct, charnel, avec elles, ne représente plus qu'une infime partie de la population.

Tous les autres dont vous êtes, j'ose l'espérer, se satisfont fort raisonnablement des miettes qu'ils butinent sur les réseaux, bien plus faciles à digérer qu'un pavé de 600 pages.
Ce qui ne les empêche pas d'exhiber, comme on le fait d'un trophée, l'ouvrage qu'ils ont commandé sur Amazon sans avoir pris la peine de l'ouvrir.

Cela, mes amis, représente un progrès vertigineux dans l'histoire des hommes.

Et vient souligner l'importance capitale des avis émis sur les réseaux en question.
Des avis auxquels la plupart des gens, je vous l'ai dit, se réfèrent, pour les ânonner docilement, puis s'en faire les prosélytes.
Des avis qui les préservent d'une lecture troublante pour leur esprit ou franchement nocive (nocivité fréquemment sous-estimée dans les milieux dits éclairés) ;
– qui les dispensent d'un jugement dangereusement personnel ;
– qui leur servent à masquer cette *passion de l'ignorance* qui souterrainement les anime ;
– et leur épargnent enfin le ridicule de patauger des jours entiers dans les deux tomes épais de *L'Homme sans qualités*, et de gagner ainsi un temps considérable.

Sans ces avis, sans ce tapage plus ou moins bien orchestré par une stratégie marketing, un livre, je suis formelle, n'existe pas. M'avez-vous bien comprise ?
Sans les réseaux sociaux, un livre n'existe pas.

Ce qui m'amène à énoncer ce paradoxe :
Le succès va principalement aux livres qu'on ne lit pas mais dont les réseaux sociaux se font abondamment l'écho.

Mes conseils :
Que vous soyez influenceuse ou influenceur, écrivain ou écrivaine, philosophe, artiste, journaliste,

politicienne ou politicien, sportif ou sportive, manager ou manageuse, ou exerçant une tout autre fonction, ne fournissez évidemment sur lesdits réseaux que ce qui est censé plaire au grand nombre :
– des photos de vous dans votre vie privée (pour le bonheur voyeuriste de vos followers), visage épanoui et regard tourné vers l'avenir ;
– des selfies avec les quelques personnes que vous tenez pour flatteur de connaître (la princesse d'Alençon, Francis Lalanne...) ;
– des gifs comportant une image susceptible d'attirer l'attention, assortie d'une formule, spirituelle si possible, d'un bon mot ou d'un slogan dont vous espérez qu'il sera repris des centaines et milliers de fois.

La présence sur l'image d'un chat pelotonné contre votre poitrine constitue, semble-t-il, un facteur positif. Empruntez pour la circonstance un maine coon. Sa photogénie fait, paraît-il, merveille.

Évitez en revanche les trop longues digressions qui déclenchent des céphalées, les sujets dits clivants qui déclenchent de l'urticaire, les arguties politiques qui déclenchent des dissensions et les exposés littéraires dont personne n'a rien à foutre.

Gardez à l'esprit que seul, encore, un dernier carré de fanatiques et de vicieux s'emmerde à déchiffrer des ouvrages d'esprit, à les méditer, à les approfondir, à les comprendre amoureusement ou à les incomprendre. Leur extinction est proche.

15

Du bon usage des amis

Le choix des amis est tout aussi capital que l'usage des réseaux sociaux, si vous voulez gravir rapidement l'escalier roulant du succès.

Force est de constater, en effet, que le malheur des perdants tient au fait qu'ils se trompent presque toujours dans le choix de leurs amis.

Les bien recruter et les bien employer, comme un start-uper les membres de sa team ou un homme d'État ses ministres, me semble chose capitale.

Définition du meilleur ami

Qu'un ami véritable est une douce chose ! écrivait La Fontaine au temps jadis. Mais qu'est-ce qu'un ami véritable ?

Une longue expérience me conduit à penser qu'il est deux sortes d'amis, bien que la frontière entre les deux ne soit pas d'une étanchéité parfaite.

a) Les amis de cœur

Ils vous aiment tendrement, ils vous aiment sincèrement, ils vous aiment indéfectiblement, ils vous aiment pour ce que vous êtes et non pour ce que vous avez, ils vous écoutent, ils vous soutiennent, ils vous renforcent, ils vous consolent, ils devinent vos désirs et vous épargnent la pudeur de les leur révéler, ils découvrent avec bonté l'inconnu qui est en vous, se montrent purs à votre endroit de tout calcul sordide, et se réjouissent sans réserve de vos succès et de vos joies.

Quant à vous, vous les chérissez tendrement, vous les chérissez sincèrement, vous les chérissez indéfectiblement à la vie à la mort, mais vous n'êtes pas sans ignorer qu'ils constituent, si j'ose dire, un investissement à perte, car vous ne pouvez espérer d'eux qu'ils vous servent de marchepied dans votre irrésistible montée vers la gloire. De plus, l'amitié que vous leur portez constitue parfois pour vous, avouez-le, un poids, une responsabilité, et même, certains jours, un motif d'agacement.

Conséquence : Point n'est besoin de vous mettre en frais pour entretenir ces amitiés vertueuses et d'une exemplaire probité. Rien ni personne ne pourra les compromettre et vous pourrez compter aveuglément sur elles. Les sacrifier donc provisoirement n'entraînera nul préjudice.

b) Les amis utiles, ou amis à pedigree ou amis ayant réussi

Sont ceux-là dont le commerce, à tous les sens du mot, vous est profitable et qui peuvent influer sur votre avancement social :
– soit parce qu'ils sont célèbres, introduits dans le monde, et qu'ils peuvent s'entremettre pour vous obtenir des faveurs ;
– soit parce qu'ils ont eux-mêmes des amis célèbres, introduits dans le monde, et qui peuvent s'entremettre pour vous obtenir des faveurs.
D'où cette définition résolument moderne et libérée des vieilles fumisteries aristotéliciennes, lesquelles affirmaient que l'amitié n'avait d'autres cause et but qu'elle-même, se riait des basses manœuvres, et regardait le profit comme son pire poison :

Un ami véritable est un bon placement.

Par l'entremise de vos amis utiles, ou amis à pedigree, ou amis ayant réussi, et des amis de ces amis que vous

saurez séduire, votre réseau de connaissances pourra s'étendre de façon significative et augmenter en proportion vos chances de succès.
Car il est une règle imparable que mes habiles perquisitions m'ont permis de déduire :

**Plus vous aurez d'amis célèbres,
plus vos chances de succès
seront exponentiellement augmentées**

c) Comment se faire des amis célèbres et se ménager leur appui ?

Dale Carnegie en 1936 recommandait dans son ouvrage *Comment se faire des amis* dix astuces qu'il disait infaillibles parmi lesquelles celles-ci :
– Dire à vos amis putatifs ce que vous devinez qu'il faudrait que vous leur disiez, en fonction de leur statut, de leur salaire mensuel (ne vous mettez pas en frais pour un ami dont le salaire est inférieur à 8 000 euros par mois), de leur présentation et de leurs manières.
– Se montrer aimable à leur endroit mais sans tomber dans une gentillesse qui vous ferait perdre en un instant tout votre crédit. Car trop de gentillesse éveille le soupçon, nul en ce monde ne pouvant penser raisonnablement qu'une extrême bonté soit exempte d'arrière-pensées.

Remarques :

– Des esprits pinailleurs me suggèrent que, s'il est exact de nommer amis deux personnes relevant de la 1re catégorie, les termes de complices ou d'associés conviendraient mieux pour désigner les personnes relevant de la 2e catégorie, c'est-à-dire celles essentiellement animées par le calcul et le profit.

– Sachez enfin que votre meilleur complice ou meilleur associé pourra s'avérer, du jour au lendemain, votre meilleur ennemi – le fait s'observe quotidiennement –, et de tous le plus dangereux puisqu'il sait mieux que quiconque où et comment vous faire mal. Si vos intérêts brusquement s'opposent, si sans l'avoir voulu vous lui portez ombrage, si votre succès insulte son échec, si devant votre joie le poignard de l'envie lui transperce le cœur, s'il ne tolère pas que vous lui préfériez untel parce que plus haut placé, mieux introduit, les pieds dans la haute banque et la tête farcie de chiffres, préparez-vous à son inimitié.

Vous vous consolerez en vous disant que cette brusque hostilité a eu le pouvoir de vous ouvrir les yeux en vous envoyant en pleine gueule une certaine réalité des hommes et du monde.

Réalité peu réjouissante, j'en conviens, mais si pénible qu'elle paraisse, précieuse au créateur que vous êtes et qui deviendra un jour la matière même de votre œuvre.

Réalité brutale, dont vos amitiés de cœur, si douces, si mignardes, et pour tout dire si nunuches, vous avaient jusqu'ici douillettement épargné.

16

Votre baptême mondain

C'est la première fois de votre vie que vous êtes invité à un cocktail mondain et vous en ignorez les usages. Préparez-vous à y croiser des figures en vue, quelques grands noms, quelques petits, quelques têtes très pleines et très condescendantes, des influenceuses sexy, des concierges mondains, et le quota habituel de désœuvrés chroniques et de sexagénaires libidineux qui meublent ces réunions.

Apprenez tout d'abord que ces soirées sont celles de l'esprit, mais aussi et surtout celles de la représentation et de ses simulacres.
Je vous le concède, il est impossible de vivre avec les autres sans devoir jouer de temps à autre la comédie sociale. Et les cocktails mondains en sont en quelque sorte l'illustration la plus aboutie. Mais tous les cocktails ne sont pas identiques, et je suis encline à croire que, dans le cénacle de beaux parleurs et d'âmes

très imaginatives que constituent les raouts littéraires, la comédie s'y joue plus et bien mieux qu'ailleurs.

Il me semble essentiel que vous soyez informé sur le rôle que chacun interprète dans cette pièce de théâtre, avant de devenir vous-même un figurant malgré vous. Au préalable, renseignez-vous sur les clans, coteries, et chapelles dans lesquels les uns et les autres sont affiliés, ainsi que sur leurs codes, credo, dogmes, et marottes, les marques qui les sponsorisent, les communicants qui les promeuvent, les producteurs qui les produisent, les maisons qui les éditent (certaines considérées comme plus chics que d'autres), etc.
Apprenez surtout à distinguer une star d'un sous-fifre. Dans ce petit théâtre où se croisent et s'affrontent mille calculs opposés, mille petites vanités et mille désirs de revanche, vous allez jouer un rôle pour lequel vous n'étiez nullement qualifié, en demandant à votre conscience de la boucler. Mais dans cette circonstance encore inéprouvée, vous découvrirez la honte délicieuse d'être traître à vous-même, et d'aborder dans un mélange de curiosité et d'inquiétude cette terre inconnue que vous brûliez, depuis longtemps, de pénétrer, mais dont vous pensiez qu'elle vous demeurait interdite.

Afin de vous donner quelque allant, je me permets de vous rappeler que le fameux bon ton français, le fameux bon goût français, la fameuse élégance française qui régnaient dans le salon de madame du Deffand au XVIIIe siècle sont aujourd'hui totalement surannés (note pour la bookstagrameuse : suranné signifie démodé).

Et quand bien même vous n'auriez que peu d'esprit, peu de principes et peu de distinction, sachez que vous pourrez réussir votre examen de passage avec la mention bien, à la condition toutefois que vous vous conformiez sans tergiverser aux règles que voici :

1. Choisissez judicieusement votre déguisement (voir chapitre 10), tout en méditant cette fable :

De la peau du Lion l'Âne s'étant vêtu
Était craint partout à la ronde,
Et bien qu'animal sans vertu,
Il faisait trembler tout le monde

2. Ne laissez point transparaître vos émotions de néophyte.

Dissimulez votre effervescence intérieure qui vous fait tout godiche et infoutu d'articuler trois paroles à la suite.

Et plutôt que d'observer, d'un air de désarroi, vos Nike rouge et noir (vous auriez pu choisir un modèle plus discret), essayez d'adopter la désinvolture et l'élégance crâne d'un Cyril Hanouna, par exemple. Ce sont des choses qui s'acquièrent, enfin !

3. Dites-vous que mentir, médire, simuler, tromper, flagorner, n'exigent pas de talents particuliers et sont à la portée de n'importe quel clampin.

4. Déridez-vous en pensant que votre timidité ne sera bientôt plus qu'un mauvais souvenir, car le succès enhardit les caractères des plus maladivement réservés.
Il est probable que si Kafka avait connu de son vivant la renommée, il serait devenu une sorte de Bernard Tapie. Parfaitement !

5. Abstenez-vous de vous rendre à cette soirée encombré d'une épouse ou d'un époux, lesquels ne procurent, au final, que des emmerdements.
Que votre fée du logis reste au logis, et votre *pater familias* en famille. Avec les mioches. Ça le changera !
On ne peut réussir dans la vie si l'on est équipé d'une femme revêche, parlant fort, et affreusement fagotée, ou d'un mari rustique, querelleur, et fabricant, de surcroît, de terrines pour chiens.

6. À moins que vous n'ayez le bon esprit de vous en défaire et de changer de conjoint : une riche héritière de préférence ou l'un des fils Léboré.

7. Ou mieux encore, que vous abandonniez toute idée de mariage et de vie commune, lesquels finissent toujours par vous acculer à la maltraitance de l'autre, je parle d'expérience.

8. Si personne ne fait le moindre cas de vous, ne vous précipitez pas sur le premier venu qui s'emploiera tout aussitôt à vous semer.

9. Ne restez pas la bouche bée devant la première célébrité rencontrée. Et ne vous esclaffez pas à la première facétie d'untel qui passe pour avoir de l'esprit. Ça fait peuple.

10. Ne vous hasardez pas à plaisanter imprudemment devant des gens de lettres. Ceux-ci ont un tel esprit de sérieux qu'ils se renfrognent ou se fâchent devant la raillerie la plus innocente.

11. Si vous êtes un auteur ou une autrice en herbe, ne vous commettez pas avec des auteurs ou autrices jugés par le milieu comme ne valant pas un clou ou n'étant plus en grâce, allez savoir pourquoi.
Veillez à ne pas vous laisser surprendre en leur compagnie, vous vous exposeriez au risque de leur être associé.
Et s'ils ont la malséante idée de vous approcher, changez *ex abrupto* de direction : vous avez une urgence, votre mère est subclaquante.

12. D'une façon générale : ne vous affichez jamais avec un personnage décrié. Pas davantage avec une sommité dont le lustre et la pompe pourraient vous éclipser.

13. Cherchez à être le plus aimable possible envers ceux qui, passant pour être les Machiavel des élégances parisiennes, sont susceptibles d'user de leur influence pour accroître votre renom.

14. Ne vous jetez pas sur le buffet pour vous nourrir à l'œil comme le font les pauvres, les pique-assiette et autres malappris qui sont, mon bon monsieur, souventes fois les mêmes.

15. Montrez-vous fair-play envers toutes et tous, et n'imitez pas ces médiocres qui craignent que des manières courtoises ne les diminuent, ou ces arrogants qui attendent de vous que vous vous confondiez en politesses pour vous hisser jusques à leur pinacle.

16. Dans la simplicité de votre cœur, ne gobez pas candidement les paroles amènes des uns et des autres, et ne les prenez pas pour des marques de sympathie ou des avances amicales. Ces démonstrations ne sont que des simulacres d'une extrême banalité.
De votre côté, ne cherchez pas à faire le sympathique à tout prix. On vous soupçonnerait de mendier des suffrages.

17. N'hésitez pas, en revanche, à complimenter vos rivaux tout en leur adressant mentalement de méchantes ripostes.
Ici, complimenter est banal. Complimenter est routinier. Complimenter est protocolaire. Complimenter fait

partie des formalités d'usage, au même titre que remercier, saluer, s'excuser, commérer, persifler ou médire. Ici, tout le monde s'entre-dupe, mes anges, et tout le monde feint de l'ignorer.
D'où il résulte que le compliment le plus réellement sincère est tenu pour douteux. Et que, conséquemment, on le tait.

18. Louangez tel écrivain pour son roman que vous n'avez nul désir d'entrouvrir, et tournez un compliment charmant qui vous exonérera de sa lecture. Dites par exemple que vous aurez bientôt le bonheur de le dévorer, au bord de cette mer toujours recommencée (note pour la bookstagrameuse : il s'agit d'une allusion littéraire) près de laquelle vous aimez vous retirer pour vous abreuver de chefs-d'œuvre, un verre de whisky Macallan à la main, et une blonde fiancée qui vous évente avec amour.

19. Adressés à une femme, il est préférable que vos compliments concernant son apparence physique se dispensent des clichés en usage, surtout si sa beauté vous semble contestable. Murmurez-lui par exemple sur le ton de la galanterie – ça marche encore – qu'elle a les mains les plus spirituelles du monde, et que sa bouche est un calice où..., non c'est trop.

20. Voulez-vous que l'on dise du bien de vous ? Commencez par en dire vous-même.

La chose autrefois était jugée abominable.
Pour ma part, je trouverais abominable qu'on ne puisse faire état de ses mérites et les faire valoir.
Apprenez à vous vendre, bon sang !
Faites votre pub !
Le public ne juge que par elle, croyant qu'il juge par lui-même.
Bien évidemment, votre propre propagande ne suffira pas à vous donner un statut de star. Il faudra y adjoindre une propagande concertée, laquelle s'achète comme le reste, je vous l'ai déjà seriné.
Voyez Maria Carey. Elle est laide, lourde, bête et vaniteuse. Eh bien, elle a su conquérir un public gigantesque grâce à une stratégie marketing menée de main de maître.

21. Apprenez enfin à n'être ni trop évaporé, ni trop grave en vous avançant dans ce qui vous apparaîtra tantôt comme un champ de mines, tantôt comme un champ de fleurs, selon vos intentions et le vent qui vous pousse.
Soyez en toutes circonstances délicieusement léger, primesautier, badin, enjoué, riant de tout et d'un entier détachement.
Ridendo dicere severum.
Dites gaiement des choses graves et n'accordez de l'importance à rien. C'est l'unique moyen de ne pas souffrir et de rester hors de portée de toute malfaisance.

17

Car

Car, lors de ce baptême mondain, vous recevrez très probablement, mes petits cœurs, quelques coups d'épingle traîtreusement décochés, voire quelques estocades : une remarque biaise à propos de votre accent, un regard charitable posé sur vous lors de présentations, une vacherie à peine déguisée, une phrase blessante du genre : Elle a l'air bien modeste, une froideur marquée qui vous range aussitôt dans la catégorie des nuls, ou pire encore une morne indifférence à votre endroit.
Ajoutez à cela la répugnance profonde que vous inspirent les veules et les hypocrites, et votre soirée mondaine que vous attendiez comme une fête risquera de tourner en défête (c'était trop tentant).

Prenez soin, mes délicats, de ne pas réagir intempestivement à de telles déconvenues.
N'en faites pas un plat, please.

Maîtrisez le feu qui agite votre esprit.
Ravalez votre fierté tout espagnole.
Et étouffez les sursauts de votre cœur d'enfant.

Votre âme, dites-vous, se révulse d'être ainsi maculée de chiures. Endormez-la !
Passez, comme on dit, l'éponge !
Et donnez un comprimé de Lexomil au Procureur qui siège au Tribunal de votre conscience !

Vous brûlez de ratatiner ces odieux et de leur fracasser la gueule ?
Ressaisissez-vous, que diable ! Et cessez vos enfantillages à la con !
Faites, devant ces putasseries distinguées, bonne figure.
Avalez ces couleuvres sans grimacer, ainsi que les injures qui vous montent aux lèvres.

Vous dites ces gens perfides ?
Raidissez-vous contre leurs perfidies.
Vous dites qu'ils vous débectent ?
Surmontez votre répugnance et conservez envers eux des manières polies.
Vous dites qu'ils vous font mal ?
Encaissez leurs coups sans vous plaindre. Et tendez-leur, s'il vous plaît, une main pateline, malgré votre désir de leur serrer autre chose que la pince.
Ce ne sont, après tout, qu'hébétudes, pardon qu'habitudes à prendre.

Et vous vous y ferez. Comme on se fait à tout.

Cuirassez-vous.
Faites-vous un masque.
Et calmez vos émois en vous promettant d'exprimer plus tard votre souffrance dans une œuvre qui emportera tous les suffrages.
Le public se passionne pour ces écrivains valeureux qui essuyèrent dans leur jeunesse mille mortifications et blessures d'amour-propre, lesquelles, prétendent-ils, les rendirent plus forts et étrangement doux.

Ne désespérez pas ! Les coups que vous essuyez aujourd'hui, vous les rendrez au centuple lorsque vous serez en position de vaincre, je veux dire lorsque vous aurez endurci votre cuir et serez en mesure de déployer la ruse et la brutalité qui sommeillent au fond de vous.

Et ne vous frappez pas la poitrine en vous accusant d'être passé traîtreusement à l'ennemi et d'avoir vendu votre âme au diable.
Ou de nourrir de l'ambition et d'avoir ce que les envieux appelaient autrefois les dents longues.
Délivrez-vous, je vous prie, de ces entraves puritaines qui sont d'un autre siècle.
Et cessez vos reproches concernant votre prétendue lâcheté, puisque, je vous le dis :

La lâcheté n'est rien d'autre qu'une prudence bien comprise.

Ainsi rebaptisés, les mots les plus odieux s'habillent de vertus. C'est un tour de passe-passe fort prisé des puissants.

Ayez en tête que cette lutte intérieure entre votre conscience et vos actes s'assoupira peu à peu pour s'éteindre bientôt d'elle-même. Votre esprit, insensiblement, s'aguerrira, votre chagrin disparaîtra et votre cœur s'endurcira, n'est-ce pas joliment formulé ?
Dans l'intervalle, cette situation vous aura inspiré de jolies phrases pleines de profondeur sur les convulsions d'une âme en proie à un âpre dilemme.

À force de mentir aux autres et à vous-même, vous cesserez bientôt d'en avoir la conscience et d'en être tourmenté. La menterie deviendra votre seconde nature. Pourquoi dis-je seconde ? Deviendra votre nature. Deviendra votre visage, votre esprit, votre sang, votre chair. Indélébilement et pour toujours.
Balayés les remords et leurs remorsures !
Vous ne serez plus, désormais, cet être inconsolé qui pleurait sur lui-même tout en battant sa coulpe, en rythme.
Le succès aura chassé vos ultimes scrupules, confirmant de la sorte ce principe de chimie morale établi par les observateurs les plus éminents :

Là où s'enflamme le succès, s'évaporent les scrupules.

Autrement dit, mes chers, le succès constitue la plus magique des absolutions (l'équivalent de dix Pater et dix Ave, si j'en crois mon confesseur).

Et n'imitez point ces crétins qui invoquent leur honneur à la moindre rebuffade à seule fin de satisfaire leur passion de souffrir.
Ces déclamations sur l'honneur bafoué, aussi niaises qu'exaltées, ne sont jolies que dans les tragédies de Racine et vous ne vivez pas au XVIIe, que je sache !
L'honneur, mes chers, est aujourd'hui un objet de brocante pour amateur d'antiquités, ou pire, un alibi brandi par des canailles. En voulez-vous quelques exemples ?

18
Mais

Mais il se peut que vous soyez d'une ambiguïté vertigineuse.
Il se peut que vous désiriez le succès tout en abominant ses servitudes.
Il se peut qu'une fatigue de tout votre être vous saisisse devant les roueries, les simagrées, les ronds de jambe, les sourires forcés, les caresses menteuses et toute l'insigne tartuferie de ces petits milieux qui s'estiment éminents et croient que l'univers entier est tout occupé de leur cuisine.
Il se peut que, vous souvenant des pièges où vous tombâtes et las de gaspiller vos ressources d'esprit, vous soyez pris du désir impérieux de vous retirer pour toujours au fin fond d'une forêt gardoise.
Il se peut que, sans vous prétendre meilleur ou meilleure qu'une autre, vous n'ayez pas de goût pour le tapin, ni pour les laisses autour du cou (qui laissent des marques indélébiles), ni pour les aveuglements

consentis, ni pour les simulacres et les mensonges, les vôtres comme ceux des autres, ni pour la brutalité exprimée de plus en plus ouvertement et sans vergogne.
Il se peut que vous considériez que l'âme s'enlaidit là où la poésie s'efface (merci Élisée Reclus), et que vous ne puissiez vous résoudre à supporter cette laideur.
Il se peut que vous vous sentiez foncièrement étranger à ce monde que je viens d'évoquer, et que, de surcroît, vous vous en contrefoutiez comme de votre première chemise.
Il se peut qu'une très ancienne fierté vous habite, et qu'une joie de vivre et un désir de créer parfaitement injustifiés vous maintiennent debout et aussi droit qu'un arbre.
Il se peut tout bonnement que vous souhaitiez être estimé par des personnes estimables, plutôt que d'espérer l'inconstant plébiscite des foules et la bénédiction de quelques puissants dont les pratiques vous répugnent.
Il se peut que vous pensiez que la littérature n'est au service d'aucun maître, trait qui vient confirmer sa nature diabolique, si *Non serviam* est, comme on le dit, la devise du démon.
Il se peut que vous n'ayez ni les manières ni la morale exigées dans ce présent essai, et que vous vous en portiez formidablement bien.

Il se peut même que vous les désapprouviez, et que vous estimiez que cela n'est pas vivre que de vivre selon leurs principes, sentiment que vous voyez, à mille signes, s'accroître autour de vous.
Il se peut aussi que vous ne soyez que modérément attaché aux avantages qu'apporte la réussite sociale et que le pouvoir, le fric et le renom ne vous fassent pas perdre complètement la boule.
Il se peut même qu'ils vous laissent dans une relative indifférence.
Il se peut enfin que, plutôt que de vous faire un nom, vous préfériez vous faire un Non (merci René Daumal).
Un Non à l'épate et à la vantardise pour reprendre les mots de Walser[1].
Un Non à être gouverné par autre chose que par soi-même, *on n'attelle pas les hirondelles*, disait Ossip Mandelstam.
Un Non aux lois qui mènent censément au succès en vous mordant le cœur et en vous broyant l'âme.
Un Non à ces livres sans nerfs, sans os, sans chair, sans poids, ces livres sans bonté, sans joie, sans rage et sans exultation, ces livres sans épines, ces livres sans arêtes, ces livres bien prudents, bien polis, bien

1. « Mais voilà, la vantardise et l'épate ont commencé quelque part et, semblables à une malencontreuse inondation, elles n'ont cessé de progresser entraînant avec elles la sottise et l'ordure », Robert Walser, *La Promenade*.

proprets, ces livres bien nippés, bien peignés, pommadés, ces livres écrits à l'eau tiède à l'usage des tièdes et qui châtrent, affadissent et dévoient toutes les choses qu'ils nomment.
Et un NON véhément à cette idée que la littérature et ses littérateurs seraient ces « vendus » que cet essai complaisamment évoque.

Car il se peut que vous pensiez encore que *les vrais livres doivent être les enfants non du grand jour et de la causerie mais de l'obscurité et du silence*[1].

Si tel est votre cas, reprenez le maquis, et jetez loin ce livre.

FIN

1. Marcel Proust, *Le Temps retrouvé*.

Du même auteur

La Déclaration
Julliard, 1990
Verticales, 1997
et « Points », n° 598

La Vie commune
Julliard, 1991
Verticales, 1999
et « Folio », 2007

La Médaille
Seuil, 1993
et « Points », n° 1148

La Puissance des mouches
Seuil, 1995
et « Points », n° 316

La Compagnie des spectres
prix Novembre
Seuil, 1997
et « Points », n° 561

Quelques conseils utiles aux élèves huissiers
Verticales, 1997

La Conférence de Cintegabelle
Seuil/Verticales, 1999
et « Points », n° 726

Les Belles Âmes
Seuil, 2000
Corps 16, 2001
et « Points », n° 900

Le Vif du vivant
(dessins de Pablo Picasso)
Cercle d'art, 2001

Et que les vers mangent le bœuf mort
Verticales, 2002

Contre
Verticales, « Minimales », 2002

Passage à l'ennemie
Seuil, 2003
et « Points », n° 1252

La Méthode Mila
Seuil, 2005
et « Points », n° 1513

Dis pas ça
Verticales-Phase deux, 2006

Portrait de l'écrivain en animal domestique
Seuil, 2007
et « Points », n° 2121

Petit traité d'éducation lubrique
Cadex, 2008, rééd. 2010,
et « Points », 2016 (nouvelle édition)

BW
prix François-Billetdoux
Seuil, 2009
et « Points », n° 2886

Hymne
Seuil, 2011
et « Points », n° 2885

7 femmes
Perrin, 2013
et « Points », n° 3342

Pas pleurer
prix Goncourt
Seuil, 2014
et « Points », n° 4142

Tout homme est une nuit
Seuil, 2017
et « Points », n° 4894

Marcher jusqu'au soir
Stock, 2019
et « Points », n° 5147

Rêver debout
Seuil, 2021
et « Points », n° 5623

RÉALISATION : NORD COMPO À VILLENEUVE-D'ASCQ
ACHEVÉ D'IMPRIMER SUR ROTO-PAGE
PAR L'IMPRIMERIE FLOCH À MAYENNE
DÉPÔT LÉGAL : JANVIER 2023. N° 151667 (101444)
Imprimé en France